愛の星をつかめ!

樋口美沙緒

白泉社花丸文庫

愛の星をつかめ！　もくじ

イラスト／街子マドカ

一

この世界の人間は、二種類に分かれている。

一つがハイクラス。そうしてもう一つが、ロウクラスだ。

遠い昔、地球に栄えていた文明は滅亡し、人類は生き残るために強い生命力を持つ節足動物と融合した。

今の人類は、ムシの特性を受け継いでいる。弱肉強食の『強』に立つのがハイクラス。『弱』に立つのがロウクラスである。

ハイクラスにはタランチュラ、カブトムシ、クロオオアリ、そして――スズメバチなどがいる。ロウクラスはもっと小さく、弱く、脆い種族を起源とした人々だ。

ハイクラスの能力は高く、体も強いので、彼らが就く仕事は自然と決まり、世界の富と権力はいつしかハイクラスが握るようになった。

ムシの世界の弱肉強食が、人間の世界でも階級となって現れている。

雀真耶の起源種は、ヒメスズメバチである。

ハチの中では大型種。攻撃的で、一頭の女王バチとそれを助ける働きバチ、わずかなオスバチで構成される真社会性昆虫。集団は完全に統制され、合理的な階級のもと役割分担がなされる、システマティックな生態が特徴だ。

ただしそれは、完全にメス優位の社会だ。

頂点に立つのもメスバチなら、巣を支える働きバチもメス。オスはただ一頭のみが、女王に交尾の相手として選ばれるが、それ以外の役割を持たず、選ばれなかったオスには死が待つのみである。

圧倒的ハイクラス、圧倒的強者の、しかも本家に生まれながらも、真耶が家を継ぐことはけっしてない。スズメバチ起源種の家に生まれた男子は、あくまでオマケであり——特別な役割を持たない。一生涯、生殖すらも期待されない。

真耶は物心ついてすぐに、己の立場を理解した。

新たな女王が立てば、その夫以外の男子は不要だということを。

十月中旬、明け方はいつの間にか底冷えする季節となった。五時半きっかりに鳴るアラームの音でぱちりと眼を覚まし、真耶はベッドから起き上がった。

一人で寝起きするようになってから二十五年、変わらず使い続けている目覚まし時計を止め、一度伸びをする。

ベッドをおり、カーテンを開くと、朝の空は白く霞んで見えた。窓を開ければ、冷たく引き締まった空気に頰を撫でられ、真耶は一つ、深呼吸した。

一連の流れは、物心ついてから、ほとんど崩したことのない真耶の朝の一部である。

顔を洗い終えると、真耶は身だしなみを整える。

鏡に映っている姿は、上背はあるが、手足がほっそりと伸び、中性的な雰囲気だった。栗色の髪は艶めき、天使の輪ができている。家の風呂にあるシャンプーで洗っているだけだが、一度も傷んだことがない。切れ長の黒い瞳は長い睫毛に縁取られ、石鹸で洗っているだけの顔は毛穴などないかのようにきめの細かい肌だ。

さほど手入れしていなくても、真耶は美しいと言われる。自分では、美醜に興味がないのでよく分からない。ただ鏡の中、無表情に立っていると、マネキンのようだなと思うことはある。

今日は、真耶の三十歳の誕生日だった。

体型は若いころと変わらず、働き始めた八年前に作ったオーダーメイドのスーツは、今でもしっくりと体になじむ。

腕時計をはめ、ハンカチをポケットに入れる。そして机の上に置いてある、万年筆を胸ポケットに差した。これは幼くして亡くなった、母の遺品だった。キャップトップをそっと撫でて、真耶は小さく息をついた。

寝室を出て階下のホワイエへ下り、ボードに置かれた新聞を、いくつかピックアップする。

お誕生日おめでとうございます、と声をかけてくれる使用人が数人いたので、真耶は今朝初めて笑顔になった。ありがとう、と穏やかに返すと、使用人たちは嬉しそうに頬を紅潮させ、足取りも軽く奥へ引っ込んでいく。

「ぼっちゃま、おはようございます。お誕生日、おめでとうございます」

優しい声につられて、真耶は笑顔で振り返った。

背後には、朝食のワゴンを押した、八十路(やそじ)過ぎの女性が立っている。真耶が生まれる前からこの家に勤めてくれている、菊江(きくえ)だった。もう腰も曲がっている老女だが、いまだ元気に家事を取り仕切っている。真耶にとっては家族も同然である。

「おはよう、ばあや。ありがとう」

菊江を手伝ってワゴンを押し、食堂へ入る。入り口の手前で、夕食のリクエストを訊(き)かれたが、真耶はいつもどおりでいいよ、と答えた。

「お誕生日ですのに」

「もう三十だからね、わざわざ祝うことでもないよ」

少しだけ淋(さび)しそうな菊江に笑いかけると、食堂では、五つ上の姉、寧々(ねね)が先に座って新聞を読んでいた。

「おはようございます、姉さん」

真耶は律儀に挨拶をしたが、寧々は顔をあげるなり呆れ顔だった。どうやら菊江とのやりとりを聞いていたらしい。

「三十歳にもなって、誕生日に実家へ帰ってくるわけ？　いい加減恋人の一人くらい作って、デートの一つもしてみたらどうなの」

（また始まった……）

真耶は内心でうんざりしながら、取り合うのも面倒くさく、姉を無視して椅子に座る。

真耶には姉が四人いる。一番上とは十五歳年が離れており、そこから十歳上、八歳上ときて、唯一実家に同居中なのが、四女、寧々である。

上三人は結婚して家を出たが、生まれてすぐに次の「女王バチ」と母から指名された寧々と、当主代理の真耶だけは実家暮らしを続けている。

寧々はヒメスズメバチ出身の女性らしく、長身の美人だ。女当主に指名されるだけあって、他の三人の姉よりも更に背が高く、真耶をも抜いて女だてらに百八十センチある。

肩書きは雀家が経営する総合企業の役員。いずれは社長になる。モデル顔負けの優美な肢体をパンツスーツに包んだ彼女は、髪型以外は真耶と生き写しだった。

周囲からは口をそろえて「美しい」と称されるが、真耶は姉の口の悪さに、毎日辟易させられていた。

「あんたときたら、あたしそっくりのお綺麗(きれい)な顔と、そこそこ優秀な頭を持ってるのに、三十路(みそじ)にもなって恋愛経験なし、童貞処女なんて、欠陥人間なんじゃないの」

欠陥人間。

それはことあるごとに、姉が真耶に使う言葉だ。安易な挑発だと分かってはいても、つい苛立(いらだ)つ。

「あのねえ、姉さん」

真耶はわざとゆっくり、息を吐き出した。

「僕は普通に仕事をして、犯罪も犯さずに、真面目に生きてる。それ以上なにが必要ですか？　恋愛してなきゃ欠けてるなんて、差別もいいとこですよ」

「そうやってすぐ強がるから。心配して言ってるのよ」

「強がってませんが。もともと強いんです」

パンにバターを塗りながら、真耶は突き放す。しかし姉はまだ食い下がる。

「強いからいけないのよ。強いから生きてけちゃうのが問題だって言ってるの」

「強くてなにが悪いんです」

言い分に道理が通らず、真耶は不愉快になって寧々を睨(にら)んだ。

「だってあんたはもうすぐ、いらなくなるんだから――」

……もうすぐ、いらなくなるんだから。

はっきりと言った姉の言葉に、なにか言い返そうとして言葉につまる。胸の中に重たい鉛を投げ込まれたように感じて、言葉を飲み込むと、寧々は一瞬気まずそうに眼を泳がせたが、すぐに「そういう決まりじゃないの」と言い訳のようにつけ足した。

「うちは女が継ぐ。母さんはあたしを指名した。あんたはあたしが当主になったら、当主代理を辞める。あたしは来月結婚して、当主になる。あんたは……一人ぼっちになっちゃうじゃないの」

一人ぼっち。

センシティブなその表現を胸の中で繰り返すと、煩わしい感傷が湧いたが、同時にだからなんだ、と真耶は思った。一人になることなど、どうでも良かった。とっくの昔に知っている。

「……そうでしたね。でもそれと恋愛は、関係のないことです」

静かに認めると、姉は「相変わらず、つまらない男ね」と悪態をついた。真耶は菊江が用意してくれた朝食をさっさとたいらげ、姉の小言から逃げるように家を出た。

（まったく、姉さんには気が滅入る。顔を見れば難癖をつけてくるんだから……）

しかし姉とのそんなやりとりも、真耶にとっては日常タスクの一つだ。車で職場に向かうころには、すっかりと忘れている。

いつもどおり七時に星北学園に到着し、駐車場から、学園の職員棟に向かう道々、真耶は学園の生徒たちや職員に次々と声をかけられた。

「おはようございます、真耶先生」

「わ、真耶先生。今日もお時間ぴったりですね」

にっこり微笑んで、

「おはよう」

と返すと、生徒は歓声をあげて走り去るし、教師たちは頬を染めてそわそわするが、幼いころから誰と話しても大抵同じ反応をされてきた真耶は、まったく気にならない。

「お誕生日おめでとうございます、三十歳になられて、ますますお美しいですね」

「昨日までなかった色気がさらに……芸術品のようです」

挨拶のついでに誕生日を祝われ、容姿を褒められても、真耶は微笑んで「ありがとう」と言うに留めた。昔から周りの人間は真耶の記念日を覚えているし、年も知っているし、開口一番に容姿を褒めてくれる。ただ真耶には、それが他人事のように聞こえる。

真耶の勤務先は、学校法人星北学園である。

星北学園はハイクラスの子息が多く通う名門私立校で、高校を中心に、幼稚舎から大学までの一貫教育がなされており、真耶はこの学園を大学まで卒業した後、理事会に就職。勤続八年目の現在は、副理事の役職に就いており、普段は星北学園の高等部にある職員棟

の、副理事室に詰めていた。

この仕事は、雀家のためだ。

雀家は建設会社から始まった事業を、あらゆる方面に広げた、一大複合企業(コングロマリッド)を持っている。

姉たちはそれぞれ主幹(しゅかん)企業に勤めているが、家は古くから星北学園の経営にも携(たずさ)わっており、理事会に一族から誰か一人を入れる必要があった。

良く言えばノブレス・オブリージュ、悪く言えば世間体のために、一族は社会貢献の体裁をとっているのだ。

しかし雀家の起源種はヒメスズメバチ。ヒメスズメバチはそもそも、他の真社会性バチと比べて集団を形成する個体数がぐっと少ない種である。分家を入れても、雀の血族で働き盛りの人間は少なく、真耶の四人の姉たちは、

「教育方面はちょっと刺激が足りないっていうか……」

と、やりたがらずに、真耶にお鉢が回ってきた。

真耶は素直に引き受けた。母にも、姉たちを助けるのが真耶の役目だと、言い聞かされてきた。

教育の仕事は真耶に向いていた。それなりの誇りも、やりがいも感じている。幼いころから変わらず、家と学校の往復の毎日だが、それも真耶には苦痛ではなかった。

今日もいつもどおりの時間に、一階にある副理事室のドアを開ける。

すると、足許になにかがバサバサと落ちてきた。毎朝のように勝手にドアへ挟まれている手紙だ。今日は誕生日なので、いつもより数が多い。拾い上げて、そのうちの一通を読むと、相手は職員だか生徒だか知らないが、メッセージにはこうあった。

『麗しの真耶様。あなたの犬にしてください』

——またこれか。

真耶は眉間に皺を寄せた。知らず、ため息までこぼれる。

広い室内に、応接セットと執務机、大きな書棚がある副理事室へ入ると、手紙全てに眼を通した。だが結局どれも同じ内容で、ソファに放り投げてしまった。

犬にしてほしい。奴隷にしてほしい。下僕になりたい。

メッセージは大体その三通り。どれも実名はない。真耶のもとへくるラブレターは、昔からこんなものばかりだ。まともに告白されたことはないし、一体こんなメッセージを送ってくる連中は、自分のことをどう見ているのだろう？

憧れ？　羨望？　しかし家では昔から、「つまらない弟」扱いだ。

真耶はコーヒーメーカーのスイッチを入れ、執務机に座ると、もう手紙のことはすっかり忘れて、仕事の準備をはじめた。

七時を少し過ぎたばかりの職員棟には、まだそれほど多くの職員は出勤しておらず、窓の外からは小鳥のさえずりが聞こえる。敷地内には寮があり、朝礼の鐘の音が微かに空へ響いている。二十分ほどすると、いつしか隣室が騒がしくなってきた。

隣は職員室だ。

授業は九時開始だが、その前に職員会議が持たれるのだ。真耶は副理事として、週三回これに出席する。全日出席しないのは、理事会の人間がいては話しにくいこともあるだろうという配慮からだった。

理事会には理事長を含めて十八人が所属しているが、高等部に常駐しているのは理事長と真耶だけで、他のメンバーは幼稚舎、初等部、中等部、大学などに散っている。さらに理事長は現在、海外の姉妹校を視察しており、向こう一ヶ月は真耶が理事長代理と決まっていた。

(代理、代理、代理ばかりだな、僕は……)

無意識に、ため息がこぼれた。しかし雀家の当主代理は、来月、姉の結婚をもって解任が決まっていた。

十歳から、二十年続けてきた役割が終わろうとしている。当初は重たく、終わりがないように思えたものも、終わるときには呆気ない。これから先の、「雀家当主代理」の肩書きがない人生のほうが、真耶にとっては長いものになる。

——真耶、お前はいずれ、うちにはいられなくなるのだから。

幼少期に言い聞かされた、母の言葉が耳に蘇る。胸ポケットに差してきた万年筆を取り出すと、光沢のあるネイビーの胴軸に母の名前が彫られている。真耶はそれをそっと撫でて、もう一度、息をついた。

気分を変えるために立ち上がり、窓を開ける。

そのときだった。

……ロウクラスのくせに、指図する気ですか。

風に乗って、怒気をはらんだ声が聞こえてきた。耳を澄ますと、それは隣の職員室から、漏れ聞こえてくる。

……そういうつもりじゃありません。

困ったように反論する声は、細くて柔らかい。教師の中に、こんな声の持ち主は一人しかいない。真耶はすぐに誰だか察した。今年新任で学園に入ってきたばかりの、ロウクラス出身の教師、芹野だ。

……指図ではなく、話し合いたいだけです……。

必死さのにじむ声に、応答する男の声は低く脅迫じみていた。

……まったく、ロウクラスが無理して、うちに就職なんかするから困るんですよ。

聞こえた瞬間、真耶の頭に、カッと血がのぼった。

いつも自分をセーブしている理性ともいうべき部分を、真耶は解放した。副理事室を出て、大股で職員室へ入る。教員が振り向き、真耶先生、おはようございます、おめでとうございますと声をかけてくるのに笑みだけ見せて、窓際へ足早に歩み寄る。職員室の隅で、青ざめている小柄な教師と、彼に凄んでみせるハイクラスの教師が見えた。

「おはようございます、芹野先生、桑井先生。実は先ほど、気になる言葉が聞こえてきたのですが……」

　朗らかに声をかけたとたんに、桑井がぎょっとして真耶を振り返った。青ざめていた芹野は、明らかにホッとしている。

「我が校のモットーはなんでしたか、桑井先生」

　真耶は足を止めると、笑顔で問う。

「ノブレス・オブリージュ。高貴さは義務を強要する。我々職員は、生徒たちにそれを教え、導く立場ですが……なるほど、桑井先生は学園の教育理念に賛同しかねると見える」

「ま、まさか」

　桑井と呼ばれた中年の教師は、焦ったように体を震わせて、弁解し始めた。

「お聞きでしたか、いや、違うんですよ。うちはハイクラスがほとんどの学校で、芹野先生が生徒たちに手を焼いているだろうと……心配しましてね。その相談にのっていたんです」

　桑井は額に汗をかき、ごまかして立ち去ろうとする。にこやかに頷いていた真耶だが、すれ違う一瞬で左手の人差し指に力をこめた。瞬く間に伸びた爪の、鋭い切っ先を桑井の鳩尾に静かに当てる。桑井もハイクラス種――不穏な気配を敏感に察知して、ぴたりと立ち止まった。

「……そうですか。なら安心です。ご不満があるならいつでも副理事室にどうぞ」

ヒメスズメバチの神経毒が、爪先にじわりとにじむ。真耶は一度だけ軽く鳩尾を指で叩いて、爪を引っ込めた。

「芹野先生を雇ったのは僕ですから。お困りのことがあれば、僕が引き受けます」

耳元で囁くと、桑井はがくがくと首を縦に振り、「トイレ、トイレに行ってきます」とぎこちない笑みを浮かべて、職員室を出て行った。

「真耶先生……あ、ありがとうございます……」

後ろから可愛らしい声がして、真耶は振り返った。そこには、恥ずかしそうにしている芹野の姿がある。怒りのスイッチがぱちりと切れ、真耶は心が凪いでいくのを感じた。安心させるように少し背を屈め、微笑む。

「大丈夫でしたか？　桑井先生とはよくあんなふうに？」

他の教師に聞こえないよう、奥まった窓際へ移動しながら訊くと、芹野は「いえ、それほどでは……」と慌てて訂正した。

芹野はセセリチョウが起源種のロウクラスだ。小型チョウを起源種にした友人がいる真耶には、特別その横顔が愛らしく映るのだが、ハイクラスばかりの職員室内で、いつも浮きがちなのは確かだった。

「……僕が受け持ってるロウクラスの生徒を、桑井先生のクラスの子がいじめていて……桑井先生から、注意してほしいと伝えたんですが」

なるほど、と真耶はため息をついた。ハイクラスの生徒による、階級差いじめだ。

「この学園でロウクラスを積極的に受け入れるようになって、八年が経つのに……まだこんな状態とは、理事会の不手際ですね。芹野先生にはご苦労をおかけしました」

真耶が言うと、芹野は顔をあげ、小さな頭を懸命に横へ振った。

「そんな……真耶先生はいつも、僕らロウクラスを、助けてくださいます。真耶先生がいてくださって、勇気が出るねって、ロウクラスの生徒たちとよく話してます」

星北学園はもともと、ハイクラスばかりの学園だった。

学費も偏差値も高く、社会的に下流にあるロウクラス出身者には、難しい学校だったが、真耶が理事会に入ってからは、積極的にロウクラスの入学を支援してきた。それは高校時代、ともに過ごした後輩、翼の影響だった。

努力で奨学生枠を勝ち取り、圧倒的不利な環境の中で、三年間勉強をして卒業していった彼とは、いまだに親交がある。翼は、真耶にとって物語の主人公のようにきらめいて見える、明るく輝く星のような存在だった。

ハイクラスの多くはロウクラスを弱く、価値のないものだとバカにするが、真耶はそうは思わない。

　ロウクラスのための特別な奨学金や、編入テストを設け、推薦枠も作った。ロウクラスの生徒は年々数が増えているが、ハイクラスの偏見までは簡単にはなくせない。生徒もそうだが、教師までもが差別しているのが現状だった。

　新たな取り組みとして、去年からロウクラスの教師の採用枠を設けた。芹野はその最初の一人としてこの学園に入ってきてくれた。真耶としては、全面的に助けたかった。

「勇気をいただいているのは僕のほうです。芹野先生を見ると、頑張らねばと思います」

「そんなこと……真耶先生は……いつもとても優しくて」

　芹野は耳までまっ赤にして、焦ったようにそんな言葉を紡いだ。

「僕の憧れです。正義のヒーローのようです……」

　真耶の胸の奥には、なにか温かなもの――嬉しさと、生きている実感のようなものが広がり、それは全身に充ち満ちていった。

「ハイクラスの……華やかな世界って、憧れでした。でも僕は、その輪の中には入れないなあって、近づいたぶん、思いますけど……」

　恥ずかしそうに芹野は続け、きらきらした瞳を、てらいもなく真耶に向けた。

「真耶先生はなんでも持ってますし、おきれいだし、お強いし、きっと僕と違って毎日充実しているんでしょうね」

　真耶は微笑んだ。けれどたった今まで体に満ちていた充足感はすうっとひいて、心はいつもどおりの静けさを取り戻した。

（……なんにも持ってないですよ）

　ふと、胸の内にそんな言葉が浮かんだが、口に出すこともなくそれは消えた。

「職員会議まであと十分です。朝の準備がありますよね。先ほどの件は、僕のほうで少し、生徒に掛け合ってみましょう」

　約束すると、芹野は安心したような笑顔を見せて、頭を下げた。自分の席へ戻る小さな背中を見届けてから、職員室を見渡す。

　職員たちは今日の準備に追われながらも、近い席の同僚と挨拶したり、軽口を叩いたりしていた。若い教師の口からは、恋人という単語、既婚の教師からは、パートナーや子どもの話が漏れることもある。大事な人がいる教師の机には、大抵写真立てが置かれている。

　芹野を見ると、隣席に座っている若い教師が遅めの出勤をしてきたところだ。あえてロウクラスに好意的な教師をと、真耶が席の配置を決めたのだが、彼は芹野におはようと声をかけ、芹野も嬉しそうに返している。

　——芹野先生、今度の観察授業の内容決まった？　決まってなかったら、今日、ご飯がてらどう？

若い教師に誘われて、芹野は「助かります」と返事をしていた。真耶は安心し、胸を撫で下ろして、職員室を出た。

芹野も、ちゃんとあの輪の中に居場所がある。それなら大丈夫だろうと、廊下に出て、副理事室に戻ると、飲みかけの冷えたコーヒーを口に含んだ。

八時からは職員会議。九時からは一人での仕事になる。今日やることはもう決まっている。帰宅の時間も決まっている。真耶は誰かから食事に誘われることも、誘うこともない。誕生日でも家にまっすぐ帰り、用意されている夕飯を食べて、決まった時間に床へつく。

机の上に置きっぱなしにしていた万年筆が眼に入る。クリップのところは、経年による傷がいくつかついていた。持ち上げてその傷を撫で、真耶は胸ポケットに万年筆を差した。

自分は――芹野が言うように、充実した生活を送っているだろうか？

家への義務はもうすぐ終わる。仕事はするが、それは真耶でなくてもできる。これから先、真耶はたぶん……恋もしないだろう。する必要がないのだ。

ずっと、と真耶はいつも思っている。

――たぶんずっと、こんなふうに自分は生きて、死んでいく。

そのことに、不平も不満もなかった。

（母さまに、言われたように）

ほんの少しの正義感と、信念。

高潔であろうとすることと、清く正しくあろうとすること。

それだけを守って生きている。

芹野は真耶を華やかだと言ったが、真耶から見れば、芹野のほうがずっと華やかだった。苦労はあっても、自分の望むように生き、自分の幸せを、自分で摑もうとしている。

職員会議の資料をまとめようと席につくと、机の上で携帯電話が光っていることに気がついた。見ると、何通かメールが届いている。友人たちからの誕生祝いメールだ。彼らはみなもう結婚して、それぞれの人生を歩んでいる。

『お誕生日、おめでとうございます。素敵な一年になりますように。 翼』

後輩からのメッセージに、思わず微笑がこぼれる。他のメッセージも見終えてから、

（……今年も、央太からのメールはなしか）

ふと、真耶は思った。

白木央太。

初等部のころから面倒をみていた二歳年下の幼なじみは、真耶の誕生日には毎年カードと一緒に手作りの菓子をプレゼントしてくれるような、乙女チックな後輩だった。

央太は菓子好きが高じて、フランスでパティシエ修業をしている。十八歳で渡仏してから十年、一度も日本には帰ってきていないが、最初の二年は、カードやメールが届いていたし、電話も頻繁にあった。

　しかしこのごろは、年に二、三回、誕生日でもなんでもないときに、ふっと焼き菓子を送ってよこすだけで、真耶からお礼の電話を入れることはあっても、央太からかかってくることはなくなっていた。

　瞼の裏にはふと、真耶兄さま、真耶兄さま、とどこに行くにもついてきた、小さな央太の姿が浮かんだ。

　ハイクラスにしては小型の部類に入る、スジボソヤマキチョウが起源種の央太は、ロウクラス並に小柄で、気も弱かった。最初の出会いは真耶が八歳で、央太が六歳のとき。通学バスで大柄な同級生にいじめられていた央太を、助けたことから始まった。

　央太は明るい色の髪に、明るい瞳をした、美少年だった。甘いものが大好きな甘えん坊。自立心が弱くて、すぐに頼ってくるので、真耶はよく叱っていた。泣き虫の央太は、ふわふわの前髪の下で、いつも大きな瞳を潤ませては「兄さま助けて」と言ってきた。

　そのたび真耶は、

　――自分でできる。やってみなさい。

と、叱った。ロウクラスに似てはいても、ハイクラス。真耶は央太には、少し厳しく接していた。

　と、手にしていた携帯電話が振動する。

開いてみると、翼からもう一通メールがきていた。

『伝え忘れてました！　来週、央太が日本に帰ってくるそうです！　しばらくこっちにいるそうなので、真耶先輩のお誕生日会を兼ねて、央太のお帰り会をしませんか？』

ちょうど央太を思い出しているときに、こんなメールが来るとは、虫の知らせだろうか。

『素敵だね。僕の誕生日会はいいから、央太の歓迎会を盛大にやろう。ありがとう』

そう返信する。真耶の脳裏にあったのは、十年前――十八歳のままの、可愛い央太の姿だった。見つめると、いつでも「真耶兄さま、大好き」という言葉を、眼に浮かべている。世界で一番、真耶が大好きだというような眼。お帰りと真耶が言えば、あの央太なら、たぶん感動して泣き出すだろう。

――会いたかったよ、兄さま。

小さな体で、抱きついてくるかもしれない。

けれどもそのとき、

（……そんなに上手く、いくとでも？）

頭の隅でふと――そんなふうに思った。真耶はぎくりとする。しかし八時の鐘が鳴ったので、考えるのをやめた。真耶は資料を持って、職員室へ向かう。

話すべき議題、注意すべき事柄は、今日も山のようにあるのだった。

二

——真耶（まや）兄さま。

真耶は夢の中で呼ばれて振り向いた。

『央太（おうた）？』

そう呼びかけた。見ると、真耶は星北学園の制服を着ている。白いブレザーと校章を確認して、自分が高校生だと気がついた。

あたりは一面真っ白で、上も下も分からない。その空間の中に、ふわふわとした明るい髪と同じ色の眼をした、童顔の、可愛い後輩が立っていた。

央太も小さな体に、見慣れた制服を身につけている。ちょっとだけ袖の余った制服。

お父さんの起源種がツマベニチョウだから、この子も大きくなるかもしれないわ——などと言って、央太の母親がやや大きめを用意したのだ。

僕はスジボソヤマキチョウなんだから、これ以上大きくなるわけないのに、と、いつだったか央太が拗（す）ねた顔を見せたのを、真耶は夢の中で思い出した。

央太は泣き出しそうな顔をしている。

真耶は心配になって、央太に駆け寄った。どうしたんだ、誰かにいじめられたか？

もしそんなやつがいたら、僕が刺し殺してやる……。

大きな瞳から涙をこぼし、央太が言った。

『ひどいよ、真耶兄さま。僕を忘れるなんて……』

——え？

驚いて、真耶は立ち止まる。眼の前で、央太の泣いた顔がぐにゃりと歪んだ。

『僕を忘れることは、正しいことだったの……？』

それは清く正しかったのか。問われた真耶は息を詰めた。とたんにあたりが真っ暗になり、なにも見えなくなる。ハッと眼を開けると、真耶は実家のベッドの上だった。

（十年ぶりに、央太が帰ってくるから、あんな夢を……？）

翼から、央太が帰国すると聞いて、七日が過ぎていた。

真耶は相変わらず学園と家の往復だったが、今日は休みなので、アラームは鳴らない。

窓から射し込む薄白い朝の光におおよその時間を予想しながら起き上がると、アンティークの机の上で、カチカチとマウスを動かした。ノートパソコンには海外校を視察中の理事長からメールが届いていた。

『ロウクラスへの支援は素晴らしいことだと思う。しかし、あまり性急だと、きみがロウクラス贔屓だと――陰口を叩く者も出てくる』

真耶は小さくため息をつき、朝の空気を部屋に入れるため、窓を開けた。風に乗り、庭の金木犀が甘く香ってくる。

（ロウクラス贔屓か……）

複雑な気持ちが湧き上がり、真耶はいつもの癖で、椅子に座ると、机上の文具トレイから万年筆を手に取った。その軸に彫られた母の名前を、じっと見つめる。

先日、芹野から聞いた一件を受けて、真耶はロウクラスのいじめについて職員に注意を促した。加害者側の生徒たちへの個人指導も提案したが、教師陣の反発を食らい、いまだ話し合いが続いている。

教師たちは真耶に好意的だが、なにもかも賛同してくれるわけではない。

――真耶先生は、我々ハイクラスのことも、考えてくださっているんでしょうか……。

少し前の職員会議では、そんなふうに言われて、言葉に詰まってしまった。そこににじんでいる淋しさは、言った教師の身勝手な感情だが、切ってしまえば余計にこじれる。

身支度を整えて降りていくと、一階は、朝からドタバタと大騒ぎだった。普段屋敷にいない、臨時の使用人が大勢いて家具をあちこち運び直している。

「遅いわよ、真耶。朝食、今日は台所で食べちゃって」

階段の途中で立ち止まったまま、騒動を呆然と見ていると、下から声がかかった。寧々が立っている。

「休日はいつもこの時間ですよ。姉さんこそ、普段はまだ寝穢く布団にいるのに……」

階段を下りきると、「寝穢い？　なんですって、寝穢いって言った？」と詰め寄ってこられて、真耶は小さく咳払いした。

「それよりなんの騒ぎなんです、これは……」

「模様替えよ、模様替え。来月からダーリンもうちで暮らすんだから」

寧々はそう言い、ソファを運んできた使用人に「それは南の洋室に」と指示を出した。

姉は来月、結婚する予定である。相手は分家の男性で、ヒメスズメバチが起源種。幼いころから決まっていた許嫁だが、姉はベタ惚れだ。

このごろの姉は結婚準備に余念がなく、真耶が職場から帰るたび、家にはウェディングドレスやら、白無垢やらが増えていた。真耶は当主代理として式に招待する客の名簿管理や引き出物のチェックなどはしているが、他は来月当主となる姉に、すべて引き継ぐ予定だった。

寧々は「そんなことより」とやや険のある声を出した。

「あんた、いつ家を出るのよ。あんたみたいな口うるさいのが家にいたら、ダーリンがかわいそうだわ。こないだ見てたマンションは？　早く借りて、屋敷を出ていってよ」

真耶はげんなりして、眉をしかめた。結婚が決まってからというもの、恋愛しろと引っ越ししろが姉の口癖で、そのやかましさには閉口する。

（どうしてヒメスズメバチの女性って、こうも気が強いんだろう）

「ご心配及ばずとも、そのうち家は出ていきますので」

淡々と言ったが、寧々はそんな曖昧な回答では満足しない。

「そのうちっていつよ？」

「部屋が見つかり次第」

「そう言って半年も経ってるじゃないの」

「仕事が忙しいので勘弁してください。この話は終わりに」

話を打ち切りたかったが、巨大なベッドを運んできた使用人のせいで道がふさがり、その場に足止めを食う。それは寝室ね、と言ったあと、寧々は「心配してるのよ」とつけ足した。

「あたしだって、あんたには感謝してる。学校理事なんて、一番つまんない仕事も引き受けてくれたし、家の犠牲になってくれて……」

「つまらなくないですよ、僕は好きでやってます」

巨大なベッドの猫足は金箔に覆われたアンティークで、いかにも重たそうだ。使用人が三人がかりでようやく運んでいくのを見ながら、義兄さんは、インテリアに文句はないんだろうか……と思う。

「まあ、機械じみたあんたには向いてるわね。いや、そういう話じゃなくて……」

それは悪口ではないのかと真耶は思ったが、いちいち口を挟んで話を長引かせたくないので黙る。弁は立つが、真耶は本来無口なほうだ。

「あんた、この家を出たらなんにもなくなるじゃない。それで、ちゃんと生きていける？誰のことも好きになれないで、一人で、欠陥人間のまま」

真耶はべつに、と言って、その失礼な言葉を遮断した。

「べつに淋しくないですよ。姉さんは気にしすぎです」

これ以上、妙な憐れみを受けたくない。姉の勝手な言い分に、不機嫌な声が出る。

「そうやってすぐに強がるとこが、心配なんじゃないの――」

だから前も言ったとおり、強がりじゃないんですが。

そう、心の中では思ったが、言わずに、真耶は逃げるようにして台所へ向かった。開け放たれた開き戸の向こうに、まだ続々と運ばれてくる家具が見え、真耶は顔をしかめた。

台所に入ると菊江が待っている。くさくさしていた真耶は、思わず、

「姉さんは偏見がすぎるよ。義兄さんは苦労するだろうね。母さまはもっと立派だった」

と、愚痴る。姉弟の喧嘩に慣れた菊江は、「まあまあ……」と笑うだけで、さほど真剣に取り合わない。今お支度しますから、と言って、朝食を並べてくれた。

台所のダイニングシートに腰掛けて落ち着くと、思い出したように姉への怒りが増した。

――欠陥人間。

また言われた四文字が頭の中に蘇って、気分が悪くなる。

（欠陥人間だから、役目が務まったんじゃないか）

胸の内に、姉への反論が噴き出してくる。大体自分は、母の言うとおりに生きてきた。

――真耶、お前はいずれ、うちにはいられなくなるのだから。

何度も繰り返された母の言葉が、自然と、耳の奥に蘇った。

母は子どもたちに、常に「高潔に」生きよと教えたが、真耶に恋愛が必要だとは言わなかった。真耶は恋をしたことがないし、これからもしないだろう。

脳裏には、子どものころからの付き合いの、幼なじみ二人の顔が浮かぶ。ハイクラスらしい高慢なやつらと思っていたけれど、それぞれが恋をして変わった。今はパートナーを愛し、愛のために必死に生きている――。

（ああいうの……僕にはできないものな）

たとえば、愛のために変化したり、必死になったり、大事な誰かを見つけたり、見つけられたり。そうやって幸せを摑むのは「普通」なのだろうが、真耶は世の中の多くの人が身を置くだろう、その「普通」の流れの中に、自分の居場所を感じられなかった。

誰かと寄り添い合う人生は、川で言えば本流のようなものだ。それは夜空に置き換えると、天の川のように、一番たくさんの星が集まって見える場所になる。

自分の星と、寄り添いたい相手の星を空に見つけられるのは、それぞれが自分の選んだ道で光っている星同士だから。どんな暗闇にいても、小さな光一つ灯っていれば、それを目印に相手へと近づける。

しかし真耶は違う。

真耶の星は空の隅っこに引っかかり、きらめくこともない。空が動けば星の位置がずれるように、なにかの弾みに真耶のほうを見た星が、好意の眼を向けたりはする。しかしその光は、本当は真耶自身の光ではなく、相手が真耶に向ける憧れや羨望という、幻の光を通して見える輝きに過ぎないように、真耶には思える。

本当の自分は闇に紛れて見えない。そのことを、真耶は痛いほどに知っていた。

「そういえば央太が帰ってくるんだ。明日、翼くんの家にみんなで集まるんだけど……手土産はなにがいいかな？」

真耶は食事をしながら、台所のコンロ脇でエンドウの筋をとっている菊江に訊ねた。菊江は「みなさんにはなにかお総菜をお作りしましょうか」と言ってくれる。

「央太さんには、最近こちらで話題の、すうぃーつ、はどうですか。お菓子のお仕事なら、研究にもなりますし」

どこかいい店はあるかと訊けば、今日オープンの店があると言う。

「昨日テレビで観ましたよ。イタリアで修業してきたぱてしえ、が開いたそうで」

菊江は早速立ち上がってメモを持ってきてくれた。

真耶は起源種の特性で甘いもの好きだが、流行には疎い。情報誌をくまなく読むような、そんなタイプでもない。機会がなければ、同じ店の同じものを、なんの疑いもなく延々と食べ続けるようなところがある。そのため菊江は、昔から新しい「すうぃーつ」の情報を聞きつけると、せっせとメモをして真耶に教えてくれた。

「話題になってるんだね。ここにするよ」

「あらまあ。すぐに決めなくてもいいんですよ。お休みなんですから、好きな甘いものくらい、食べ歩いてみてはどうです。もう少しご自身に構われてもよいのに」

真耶が即決すると、菊江がため息まじりにそう言った。

「ぼっちゃまはお仕事とお家のこと以外は、ボンヤリしてらして、お一人暮らしなんて、とても心配で。誰かと一緒に住んでくだすったら安心ですのにねえ」

真耶は残った紅茶を飲みながら、小言めいた声を、ぼんやりと聞いた。

「央太様はもう、ぱてしえ、になられたんですか？」

ふと思い出したように訊いてくる菊江に、真耶は「まさか、央太はあのままだよ」と、なんの疑問もなく決めつけた。

「いまだに店の床磨きでもさせられてるんじゃないかな？」

「あらまあ……たまに送ってくださる焼き菓子は、あんなに美味しいのにねえ」

「ねえ……僕も央太の作ったのが、一番好きだな」

その気持ちは嘘ではなく、真耶はしみじみと呟いた。

央太が時折送ってくれる菓子を、真耶も菊江も楽しみにしていた。そういえば最後に菓子の礼で電話をしたのは、もう半年も前のことになる。

（そうか……央太と話したの、半年前が最後か）

そのときは、日本に帰国するとは言わなかった。央太の携帯電話はいつも調子がよくなくて、ここ数年ずっと声がはっきり聞こえない。電波の向こうでくぐもって聞こえる声を相手に、「仕事は？　最近どうなんだい？」と訊くと、央太はいつも「なんとかやってるよ。興味湧いたら、うちのサイト見てね」と答えていた。

フランスに行ったばかりのころは、毎晩のように泣きながら電話してきて、もう帰りたいと言っていたのに――そういえばいつから、央太の泣き言を聞かなくなっただろう？

頭の隅にふと、今朝見た夢のことが浮かんだが、真耶はそれを考えないようにした。

今できる「正しい」行動は喜んでもらえそうな手土産を買いに行く、それだけに思えて、真耶はごちそうさま、と言いながら立ち上がった。


菊江から勧められた店には、電車で向かった。最寄りの駅に着いたときには、開店から三十分ほど経っており、店舗の前には長蛇の列ができていた。

店は都心の一等地にあり、並んでいる客はきれいに着飾った、ハイクラスばかりだ。

思ったよりも時間がかかりそうで一瞬躊躇したが、十年ぶりに会う央太に、少しは驚いてもらいたい。思いきって最後尾に並ぶと、列整理のスタッフが、すぐに店のフライヤーを持ってきてくれた。二つ折りの紙面いっぱいに、華やかな菓子の写真と、値段が印刷されていた。

（……どれがいいんだ？）

前知識なしで並んでしまったので、真耶は悩んだ。

眼をひくのは、期間限定と銘打たれたマジパンの数々。大きめのマジパンはハートや妖精、汽車や銀杏の葉など、絵本の世界の菓子のようで、ファンシーだ。可愛いものが好きだった央太は喜ぶだろうか？

悩んでいるうちにも、真耶の後ろには続々と列ができた。店は入場制限がかかっており、なかなか人が進まない。一人フライヤーを開けたり閉じたり裏返したりしていると、背後から不意に声をかけられた。

「……もしかして全然決まらない？」

聞き覚えがあるような――いや、しかしやっぱりないような、柔らかな男の声だった。

怪訝に思って振り向くと、そこには真耶より頭半分背が高く、肩幅の広い、やけに顔の整った、それでいて妙に爽やかな男が一人、立っていた。

男は真耶と眼が合うと、人懐っこい笑みを見せた。

甘ったるい香りが、男から強く漂ってくる。華やかで色気のある芳香は、プルメリアの香りに似ていた。真耶は本能的に、男が南国系のチョウ種だと気付いた。しかも体格と顔立ち、そして匂いからして、かなりの上位種である。

やや長めの、小洒落(こじゃれ)た髪型。明るい金髪。

眼は鮮やかな赤で、目尻の睫毛が長い。金色の眉は少し太めだが、穏やかに下がっていて優しげに見える。甘い顔に似合わず胸板はしっかりあり、ケーブルニットに細身のパンツ、足許は品のあるローファーを合わせているのがやたらと垢抜(あかぬ)けていた。男っぽいのに可愛さもある容姿は、色恋に疎い真耶でも分かるほどモテそうだ。

男の背後や、真耶の前方に並んでいる女性たちは、こそこそと「かっこよくない?」と男を見て噂(うわさ)している。

ふうん、と、真耶は思わず男を観察した。真耶はモテる――と、人に言われることはあるが、実のところ女性からアプローチを受けることはほとんどない。そもそもハチ種は近寄りがたい雰囲気らしい。その点、大型チョウ種はもの柔らかなタイプが多く、モテる。

この体格、この雰囲気のハイクラスなら耳はかなりいい。遠くの女性の声も聞こえているだろうが、本人は涼しい顔をしていた。なるほど、普段からこういうことに慣れている男なのだなと思う。

　警戒しつつ「ええ……まあ……」と素っ気なく答えると、それが意外だったのか、男は一瞬だけ、真顔になった。じっと見下ろされて、なんです？　と訊くと、男はまた穏やかに微笑んだ。赤い瞳に憐れむような色が見えて、真耶は違和感を覚えた。

　しかし男はすぐにその色を消したので、真耶は気のせいだろうと決めつけた。ドライな真耶の態度にも負けず、「よかったら、オススメしていい？」と男が首を傾げる。

「普通のチョイスなら、日本ではあまり売られてないマジパン。ここのパティシエがイタリアで修業してた店では、クリスマスの時期になるとオーナメント用のマジパンがたくさん並ぶんだよ。それで、オープン祝いに提供してるんだ」

　声をかけてきたときは、軟派なやつ……と思った。しかし男の話す声は優しく、ゆったりとした上品なもので、内容も親切だった。真耶は少し警戒を解き、眼をしばたたいた。

「ああ、そう、なのか」

　情報は純粋にありがたく、男のほうへ、体を向ける。男はごく自然に半歩距離を詰めてきて、真耶の持っているフライヤーを指さした。なぜか、男の指に眼がいった。指は長く、爪はきれいに切りそろえられ、清潔そうだった。仕草の一つ一つがゆったりとしていて、優美で、無駄のない手つきだ。ようするに、雑な感じが一切しないのだ。上流社会にいればこういう所作をする人種はたまにいるが、これは訓練で身につけたものだと、真耶には分かった。真耶のほうへ傾けている体も、隅々まで神経を尖らせているのを感じる。彼はたぶん、日頃から体を使うなにかの職人だと察した。

「あとはピスタチオのタルト、これもおすすめだよ。イタリア産のピスタチオを使ってる。間違いなく美味しい。プルーンのタルトもね……生プルーンは今月を過ぎたら材料が手に入らないから、今だけのものだし。でも個人的には——このジャンドゥーヤかなあ」

最後のページの、ショコラやビスコッティが地味にまとめられている箇所を示して、男は教えてくれた。

「ジャンドゥーヤ?」

「ナッツのペーストとチョコレートを混ぜたものだよ。いろんな菓子に使われるんだけど、この商品はここのパティシエのオリジナル。餡子と混ぜて、ミニパウンドにしてるけど、たぶん食感はテリーヌみたいなんじゃないかな。配合次第で風味も味わいも変わってくるから、どう仕上がってるのか楽しみな一品って感じだよ」

温めても美味しいしね、とつけ足した男の顔はにこやかで、どこまでも下心のない、純度百パーセントの親切心しか感じられないように——真耶には思えた。

ハイクラスの上位種に、こんな無邪気な人間がいるのか、と驚きながらも、「ずいぶん詳しいんだね」と感心した。

「パティスリー巡りは趣味なんだ。オープン初日に並ぶってことは、お兄さんもそう?」

——趣味ではない。なにしろこの店も、教わって来ただけなので。

しかし同好の士を見つけたと思って話しかけられたのだとしたら、男の無邪気な親切も納得がいく。甘い物が好きかどうかは起源種によるので、甘味(かんみ)好きは男にも多いものの、やはりわざわざ店に並ぶとなると女性のほうが圧倒的だ。

お兄さんと言われた真耶は、きみの年は？　と訊きたいような気がしたが、すぐに、どうでもいいかと思い直して、「いや……実は手土産を買いに」と歯切れ悪く答えた。

「手土産のために、頑張って並んでるの？　ずいぶん大事なお相手なんだね」

微笑ましげに言う男に、真耶は言い訳のように「というより、十年ぶりに会うから」と返していた。

「フランスにパティシエ修業に出てた幼なじみなんだ。……久しぶりに帰国するから、珍しいものをと思って……」

男は言葉をおさめて、じっと真耶の説明を聞いている。

「へえ……っ、すごいね、じゃあそのお友達もパティシエなんだ？」

男は首を傾げて訊いてくる。真耶は「さあ、違うと思うけど」と答えていた。

「そんな話は聞いてないし、パティシエになるのって大変なんだろう？　まだ修業中じゃないか。たぶん」

男は興味がないのか、ふうん、と言葉少なに頷く。パティスリー巡りが趣味でも、まだパティシエにもなっていない央太の話は関心の対象ではないのだろう。

「ありがとう、参考になったよ。このジャンドゥーヤというのを買っていくことにする」

「うん、きっと喜ばれると思うよ」

男は人好きのする笑みを浮かべ、子犬のようにこてんと首を傾げた。大柄なのに、仕草は甘ったるく愛らしい。やがて列が動いたので、真耶は男と話すのをやめて店内へ入った。

中は可愛らしい内装があまりよく見えないほど混み合っていたが、買うものが決まっていたのでスムーズにレジまで行けた。ふと顔をあげると、厨房(ちゅうぼう)からシェフ帽をかぶった男がひょいと顔を覗(のぞ)かせて、フロアへと出てくる。あれはこの店のシェフ・パティシエでは？　と思っていると、さっき真耶にあれこれと教えてくれていた男が、手を振り、二人はハグしあった。

（……知り合いだったのか）

どうりで詳しいはずだ。さてはパティスリー巡りの趣味をきわめた、有名スイーツブロガーかなにかだろうか？

真耶のインターネットの知識はかなり前で止まっているので、いまやブログがネットのメインストリームではない……ということも知らずに、そんなことを考える。

混雑した店の中でも、女性客の視線がさっきの男に集まっていることは、なんとなく分かった。真耶ですら、どうしてだか彼に意識が引っ張られる。眼の前で頼んだ商品が包まれ、お会計です、と言われてやっと、真耶は視線を財布に向けた。

そのときだしぬけに、店内でか細い悲鳴があがり、続いてなにかがどさどさと落ちる音がした。真耶はハッとして音のほうを振り向いた。

「ちょっと、なんなの」

「この人が押してきて、品物が落ちたのよ」

女性客が苛立った声をあげている。陳列棚から焼き菓子が床に落ち、小柄な影が床に這いつくばってもぞもぞと動いていた。

「ロウクラスなんかが、背伸びしてこんな店くるから」

誰かが小さな声で、そう言うのが聞こえた。人混みの間で、床に這いつくばっている人物の顔がちらりと見えた。ロウクラスの少女だ。客の多くは、ハイクラス。迷惑そうな視線が、そちらへ飛んでいる。少女にとっては、針の筵（むしろ）のようだろう。

胸の中に憐れみと怒りが湧き、駆けつけようとしたとき、店員から「お客様」と呼ばれて、真耶は一瞬動けなくなった。支払いを済ませていない。財布と、ロウクラスの少女の間で視線を往復させる。

そのとき、ついさっきの南国チョウ種の男が、いつの間にか少女のそばに屈（かが）み込（こ）み、「いいよ、ここ、片付けるから」と声をかけていた。少女は涙眼で、男を見上げた。

少女に悪態をついていた女性客が、悔しそうな顔をする。

「なに買いに来たの？　ジャンドゥーヤ？　これ気になるよね。チョコレートが好きなら、チョコサラミも美味しいよ」

優しく話しながら、手だけは素早く、男は床に散らばった商品を拾い上げると、あっという間に陳列を整えてしまった。

少女は立ち上がり、何度も頭を下げている。男がちらりと店の奥へ眼を向けた。するとさっき男と抱き合っていたシェフが、「悪いな」というように目配せして、厨房へ戻っていった。

真耶は会計を済ませ、店から出た。振り返ると、ガラス窓の向こうで男が少女に付き添い、品物を選ぶのを手伝ってやっているのが見えた。少女は頰を染め、嬉しそうにしている。さっきまでの涙は引っ込んだようだ。

不意に男は顔をあげる。外に出た真耶と、窓越しに視線が合う。男はどこか淋しそうな、遠いところを見るような眼でじっと真耶を見ていた。まるで、ここに立っている真耶が、存在していないかのような眼差しだった。妙な胸騒ぎを覚えたが、礼儀として小さく会釈すると、男はたちまち笑顔を見せて、大きく、器用そうな手を振った。

その唇が音もなく動き、それは「またね」と言っているように見えた。


（変わった男だった……）

真耶は菓子袋をさげて、駅に向かって歩いていた。パティスリーで会った男のことが、なぜか引っかかっていたが、それがどうしてかは分からなかった。

まだ昼前だが、用事が済んでしまったので、迷った挙げ句マンションの内見(ないけん)に行くことにした。いい加減、引っ越し先を決めなければならない。

星北学園の最寄り駅から近い駅を適当に選び、移動した。

初めて降りた地下鉄の駅前は閑散としていて、スーパーマーケットやコンビニエンスストアなどの他には、簡単な飲食店くらいしかなかったが、思ったとおり不動産屋はある。

賃貸情報が貼り出されていたので見ていると、

「真耶先生……？」

と、背後から声をかけられて、真耶は振り向いた。驚いたことに、レジ袋を持った芹野が、ラフな部屋着姿で立っていた。

「わあ、なにされてるんです？　あ、お部屋探しですか？　わあ、驚いた。あっ、やだなこんな格好のときに。僕、この近くに住んでて……」

芹野は興奮気味に、頰を上気させて喋(しゃべ)った。その様子が可愛くて、つい笑ってしまう。

「ええ、部屋を探しに……とはいっても、なんとなく電車を下りてみただけなんですが」

「なんだかテレビの旅番組みたいですね！　ほら、気になった駅で下りてみるみたいな……さすが真耶先生。休日の過ごし方もおしゃれですね」

うっとりと芹野に言われて、真耶はなにも言えずに微笑んでいた。おしゃれだろうか？そう見えるのは芹野の真耶に対するフィルターによるところが多分にありそうだ。

お時間があるなら、と食事に誘われて、真耶は少し迷ったが承諾した。桑井との一件から一週間が経っていたので、芹野が困っていないか、受け持ちの生徒がその後どうなったか、個人的に訊きたかった。

芹野が案内してくれたのは、ロウクラスにも入りやすい、いわゆるファミリーレストランだった。こんなところですいません、と恐縮されたが、こだわりがない真耶には気にならなかった。一人で外食するとき、眼について入ったこともある。もっともそれもずいぶん前なので、メニューを見てもしばらく解読に時間がかかった。ドリンクバーやご飯セットをつけるかつけないか、と店員に訊かれたときにも一瞬戸惑ったが、芹野がつけていたので、同じようにした。

食事をしながら、しばらく仕事のことを話した。芹野には、それなりに味方もいるらしい。なんとかやっていると聞いて、真耶は安心する。

「でも、真耶先生にはこの町はあんまり……僕は嬉しいですけど、ここ、ハイクラスの方はほとんど住んでませんよ」

ふと部屋探しの話になったとき、真耶は芹野にそう言われた。

星北学園に近いし、都心にも出やすい駅だが、地下鉄沿線や私鉄沿線は比較的家賃が安く、ロウクラス住民が多いそうだ。やはり主流の鉄道会社の路線沿線が、ハイクラスの住まう地域としてはメジャーらしい。

「黒川先生は、最寄りがN駅だって言ってました。あそこもロウクラスはわりと多いですけど、便が良いし、真耶先生もそのほうがしっくり来ます。……そういえば、どうして急にお引っ越しを？」

黒川は、芹野の隣席に座る教師の名前だ。ロウクラスに好意的な男でもある。

首を傾げる芹野に、真耶は姉が結婚するのだと伝えた。それはおめでたいですねと一頻り喜んでくれたあと、芹野はどうしてか真顔になり、黙り込んだ。

「……あの、つかぬことをお訊きしますが、真耶先生は……お付き合いされてる方って、いらっしゃるんですか？」

訊ねられた真耶は淡々と、いないですよ、と答えた。質問はそれで終わるかと思ったが、続きがあるらしい。芹野はもじもじとうつむき、

「真耶先生の、好みのタイプって……どんな方なんでしょう」

自信のなさそうな、小さな声で言う。真耶は眼をしばたたき、「好みのタイプ」という単語を頭の中で反芻した。

――好みのタイプ……？

考えてみたが、それはあまりにぼんやりとし、輪郭のないものだった。こういう人間と

は絶対に無理だ、というのならいくつか浮かぶが、こういう人と付き合いたい——というのは、真耶には今のところなかった。

「変なことを訊いちゃうついでに……真耶先生って、そのう、男性とはお付き合いできるほうですか？」

芹野は上目遣いで、じっと真耶を見てくる。真耶はぽかんとし、「自分はそういうのは……」と、話を濁そうとした。けれど芹野の眼があまりに真剣で、小さな肩にぐっと力が入っているのを見て、真面目に答えねばならない気がした。

言われてみれば、真耶は——女性には興味が持てないかもしれない……と、思わなくもなかった。生まれてこのかた、女性を見て美しいなとか可愛いなと思うことはあっても、性的に興奮した経験がない。かといって、男性相手にもない。

そもそも真耶はヒメスズメバチの、女王種の男子だ。生殖を望まれない生まれである以上、女性と付き合うには難のある自覚があった。昔から性には淡泊で、自慰すらしたことがない。異常かもしれないが、必要に迫られないのだ。

さらに、ハイクラスの女性には姉たちの姿がちらつき、あまり魅力を感じないし、ロウクラスの女性はそれこそ壊れ物のようで、傷つけるのが怖く、触れるのにも気を使う。

（でもそれは……ロウクラスの男性もそうかな）

男性でも、ロウクラス相手だと守らねばという意識が強く、恋愛感情は持てそうにない。

なぜか思い浮かんだのは、先ほどパティスリーで居合わせた、ハイクラスの男のことだった。物腰が柔らかく、言葉遣いが優しく、親切で、ロウクラスにも同じ態度だった。なにより真耶が触れたくらいでは、傷つきそうにない丈夫な体をしていた。

「……男性でも平気だと思いますよ。それよりも、人として優しいほうが……大事かな」

自分でもよく分からないまま返すと、芹野は肩にこもった力をふっと抜き、なぜか安堵したような顔をした。

「そうなんですね、なんか、ホッとしました。……真耶先生は、いつも正しいので」

芹野に言われ、真耶は受け答えに困った。どういう意味だろう？

「──もしも。もしもなんですけど、例えば僕と……付き合えたりします……？」

そっと訊かれて、思考が止まる。

「……真耶先生なら……僕の中身のことまで見て、好きになって……くださいますか？」

戸惑う真耶の額に、じわっと冷たい汗がにじみ出る。眼の前の芹野が、なぜそんなことを問うのか、理由がよく分からなかった。

けれど冗談だと流すことはできなかった。伏せた芹野の眼は潤み、テーブルに置いた拳は震えていて、いかにも思い詰めて見えた。こんなことを言うのには、なにか理由があるはずだ──。

言葉に迷い、つい手癖で、胸ポケットに触れる。しかし期待した感触は指先にない。今日はスーツではないから、万年筆は鞄の中だった。その矢先、記憶の底から浮かび上がってきたのは、どうしてか央太の泣き出しそうな顔だった。

「すみません。変なこと言っちゃった。忘れてください！」

と、芹野が伏せていた顔を上げ、明るい声でさっきの問いを打ち消した。顔はもう、笑っている。だが無理をしているのは分かった。真耶は「なにか困っているんですか」と訊くべきか迷ったが、もしもその結果、

——真耶先生が好きなんです。

と、言われたら返す言葉が見つからないことに気がついて、口に出せなくなった。

気まずい気持ちで黙り込むと、芹野は立ち上がり、「飲み物、とってきますね！」と、フロアの奥にある、ドリンクバーへと向かってしまった。

戻ってきたときには、もうさっきの質問など忘れてしまったかのような態度だった。会計カウンターの脇に置かれていたという、賃貸マンションのフリーペーパーを持ってきてくれたので、話題は自然と引っ越しのことになった。

結局、真耶は芹野の真意を、訊きだすことができなかった。

一時間ほどフリーペーパーを眺めて引っ越しの話をし、真耶は芹野とレストランの前で

別れた。芹野はネギが飛び出したスーパーのレジ袋を片手に、ニコニコと可愛い笑顔で真耶を見送ってくれた。

　そのいかにも素直な、肩肘の張っていない姿に癒されて、真耶は笑って手を振った。だが一人になり、地下鉄に揺られながら家路へつくと、なぜか胸の内に、冷たい隙間風が通っているような空しさを感じた。

——真耶先生なら、僕を好きになってくれますか……。

　芹野の震える声が、耳の奥に蘇る。その言葉を聞いたとき、反射的に浮かんだのは、

……なれない。

という言葉だった。

　同僚として、友人としてなら、好きになれる。これから先、仕事場で芹野が辛い思いをするなら、全力で守るつもりでもある。けれどそれは、恋ではない。

「芹野先生でもダメなのか……僕は」

　人のまばらな、昼下がりの地下鉄。音をたてて走る車内で、真耶はぼんやりと呟いていた。好きになれるだけの要素は十分にある相手にさえ、恋ができない。

……やっぱり自分は、欠けているのだろうな。ふと、そう思う。

　体の奥、自分自身の深いところに、ぽかりと空いた場所がある。自分は空っぽで、なんにも持っていない。真耶にはそういう感覚がずっとある。

どうしてか、幼い日に死んでしまった母の横顔が蘇った。

——お前が星なら、どんな星かしら……。

そう呟いた母の声は、今でも思い出せる。

誰かを愛し、愛されることは、「普通」の生き方だろう。芹野のように「もしも……」と、真耶に問いかけてまで愛される可能性を探し、求めるのもまた、その営みの一つに思える。

（……この世界が夜空なら）

世界を夜空に、人を星にたとえるなら、愛し愛されようとする人たちは、銀河の星が一番集まるところで、輝きながら大事な誰かを探している。そんなふうに見える。真耶は自分が、そういう星ではないと知っている。

——真耶、お前はいずれ、うちにはいられなくなるのだから。

幼いころから、何度も何度も母からはそう言われた。

真耶は膝に乗せていた、休日用の鞄を、ぐ、と握った。鞄の底に入れてある、万年筆が革ごしに指に当たる。

——いずれ、お前のいる意味はなくなる。それでも、生き方だけは、高潔に。己の役目は、全うしなさい。

そう生きることが真耶を助けると、母は言っていた。

——清く、正しく。

母はそれが口癖で、子どもたちには高潔であることを、なによりも望んだ。真耶は幼いころのことを思い返す。

末っ子に生まれた真耶は、姉たちが母から「高潔さを学ぶため」買い与えられた古い児童書をもらって、片端から読んだ。そんな辛気くさい本、よく何冊も読めるわね、と姉たちは呆れた。けれど真耶は、それらの物語がどれも好きだった。そう言うと、母は嬉しそうに真耶の頭を撫でて、

――真耶は良い子ね。

と、言ってくれた。すると胸には喜びが満ち、真耶は自分が正しいと思えた。

本に出てくるのは大抵、かわいそうな境遇に置かれた、みなしごの少女や少年だった。彼らは世間のいじめに耐えぬき、清く正しくあろうと努め、己の生きる意味を求め続け、やがてその高潔な努力は報われる。

物語に没頭しながら、時々、不思議に思った。世界のどこに、こんな「かわいそうな子」「恵まれない子」が、存在しているというのだろう？

生まれたときから物に恵まれ、愛情も受けて育ち、周囲も裕福な家庭ばかりの真耶には、みなしごも貧困も、遠い世界のことだった。

……こんな子になってみたい。

と、けっして口にはしなかったが、真耶は心の中では想像することがあった。

身寄りもなく、貧しく、淋しい暮らし。けれどそこから懸命に立ち上がり、幸せを摑む。そんなふうに生きている彼らが眩しく、羨ましかった。

いつか役目が終わり、生きる意味もなくなる真耶とは違い、物語の主人公は、世界の中心で輝いている星のように見えた。

どんな人が、どんな場所から見上げても、必ず見つかる一等星の星のように。

あるとき、真耶は母に訊いた。

——こんな子たち、どこかにいるの？

母は、真耶が唯一、思っていることをなんでも話せる相手だった。真耶は姉たちよりも、友人たちよりも、母と一緒にいることが多かった。

当時、雀家の当主だった母は、仕事の手を止めて、万年筆を机に置いた。それから両腕を広げて、おいで、と真耶を呼んでくれた。母は真耶を膝に抱いて、どうしてそんなことを訊くの？　と、不思議がった。真耶は答えた。

——お話に出てくる子は、星みたい。どんな暗い場所でも、きらきらしてて。

——ああ、そういえばそうね。

と母は笑い、お前も星になりたい？　と、どうしてか淋しそうに言った。真耶は驚いて、自分と同じ母の黒い瞳を見つめた。母は優しく眼を細め、お前が星なら、どんな星かしら、と呟いた。

それから、お前はまだ知らないだろうけれど、と付け加えた。

――世の中には、お金で困っている人や、身寄りのない子もいるわ。体が弱かったり、なにかしらの苦しみを背負っている人も。……たとえばロウクラスの子たちは、ハイクラスのお前よりは、少し不利に生まれているかもしれない。

ロウクラス。それは真耶が初めて知る概念だった。自分の周りには、使用人を含めても、ロウクラス出身の人間は存在していなかった。

母は真耶をじっと見つめ、自分より弱い人には、優しくするのよ、と言った。真耶はそうすると約束した。

なんの疑いもなく、真耶はそのとき信じていた。

世界にとってはそうでなくとも、母にとっては自分も、物語の中の主人公のように、きらきらと輝く、美しい星の一つだと。他の誰が見つけてくれなくても、母だけは、自分を空に見つけてくれると、信じていたのだ。

母が病に倒れたのは、真耶が七歳のときだ。

余命わずかと宣告されたときも、母は毅然と顔をあげていた。母は強いまま、変わらなかった。けれど真耶はある日を境に、母に言わないこと、言えないことが増えていった。

母は三年闘病し、真耶が十歳で亡くなった。

真耶は幼くして当主代理の役目を任され、最初の仕事は母の葬儀を取り仕切ることだった。千人を超す弔問客の相手をし、慌ただしく葬儀を終えて、真耶には母の死を悼む暇さえなかった。

それでも出棺の直前、告別式の会場で、ほんの五分ほど、眠る母と二人きりになれた。

その五分は十歳の真耶に、ようやく与えられた、役目を離れられる時間だった。

柩(ひつぎ)のそばに立つと、花に埋もれた母の死に顔は、生きていたころと同じように美しく、今にも真耶、と優しく呼びかけてくれるような気さえした。

——母さま。

柩を覗き込み、真耶は問いかけようとした。

母が病に伏して三年、ずっと心に秘めながらも、訊けなかったことがあった。何度も訊こうとして、諦めた言葉。訊けないまま時は過ぎ去り、母は逝ってしまったのだから、もう今が、このときこそが、母に問える最後の機会だと真耶にも分かっていた。緊張で胸苦しくなるなか、真耶は勇気を振り絞った。

——母さま。母さまは、僕のこと……。

けれどそれ以上、言葉は出て来なかった。手が震え、真耶はうなだれた。真耶は心の片隅で思った。

——こんな弱音を吐くことを、母は望んでいないのではないか。弱い自分を見せれば、母が望む「清く正しい」自分ではなくなる……。

長らく抱えてきた不安を、母に知らせることが、真耶には恐しく思えた。

やがて葬儀会社の人々が戻り、柩は閉じられた。出棺される母の柩を見送りながら、もう二度と、母に訊きたかったことは訊けないと悟った。

そのとき真耶は、体の奥からなにか大事なものが、抜け落ちていくような気がした。抜けた場所は空っぽになった。

失ってしまったのは、母が死ぬまでは、かろうじて残っていた期待だ。

――この世界にただ一人だけは、自分を見つけてくれる人がいるはず。

生まれてきた意味が自分にはなくても、母にとってはあるはずだという……根拠のない期待だった。だがそれは消えてしまった。

会場の外へ出ると、四人の姉たちが泣いていたが、真耶はその輪の中へ入れなかった。泣くことさえ、できなかった。

そのとき、痛いほどに感じた。

自分は空の中心で、輝ける星ではない。

生まれたときから、空の片隅、ほとんどの人が意識することのない場所で、一つきり佇(たたず)んでいる見えない星。それが自分、雀真耶なのだと――。

地下鉄の走るリズミカルな音が、車内に響いていた。時折風をはらんで、音はゴーッと嵐のように聞こえる。

姉の言うとおり、自分は欠陥人間なのだと、真耶はぼんやりと考えていた。

星が星になれる成分のどれか、人が人であれる成分のなにか、たとえば愛し愛されるために必要ななにかが、初めから欠けていて、欠けたまま、生きている。

けれどそれは真耶にとって、悲しいことではなかった。

真耶は降車駅に着くまでの間、地下鉄の走る音を聞くともなく、聞いていた。

三

翌日、真耶（まや）は約束の二時きっかりに、翼（つばさ）が家族三人で暮らしているマンションの、インターホンを鳴らした。ドアはすぐに開き、小柄な翼がぴょこんと顔を出した。

「真耶先輩！　いらっしゃい！」

二つ下の後輩は、元気よく笑ってくれた。性モザイクという特殊な生まれのせいか、ツバメシジミチョウ出身だからか、翼は今でも十代のように愛らしく、とても子どもがいるようには見えない。その可愛い笑顔を見ると、なぜかホッとして、真耶は思わず破顔した。

今日は央太（おうた）の帰国祝い兼真耶の誕生日会だった。

「やあ、翼くん。元気そうだね。これ、うちのばあやから」

「わあ、美味しいんだよな。真耶先輩んとこのご飯。ありがとうございます」

真耶は菊江（きくえ）から預かってきた惣菜のタッパーを、風呂敷ごと翼に渡した。玄関にはいくつも靴が並んでおり、既にメンバーは集まっていると分かった。

「央太、もう来てますよ」

翼に言われて、そう、と頷く。真っ先に央太が迎えに来ないことを不思議に思い、そしてどうしてかわずかに、真耶は緊張した。緊張する自分に動揺したが、心の揺れを、真耶はすぐに消した。リビングからは子どもの笑い声がする。翼が性モザイクという特殊な体質ゆえに、男ながらに授かった一人息子、翔の声だ。

「真耶、着いたのか。珍しく遅かったな」

「道が混んでたんだよ」

この家の主、七雲澄也が廊下へと顔を出した。

澄也は真耶よりも背が高く、肩幅も広い男らしい体格に、色気のある整った顔をしている。起源種はハイクラス上位種のメキシカンレッドニー・タランチュラ。真耶とは同い年で、幼稚舎からずっと同じ学校に通った幼なじみの腐れ縁だった。

昔の真耶は澄也のことを、「誰とでも寝るヤリチン」と思っていた。だが、澄也は翼と出会い、本気の恋をして変わった。今では優秀な内科医である。

「マヤマヤ、いらっしゃーい」

真耶がリビングに入るやいなや声をかけてきたのは、澄也同様幼いころからの腐れ縁である兜甲作――ヘラクレスオオカブト出身で、誰よりも大柄な男だった。

「なあに、もうコート着てるの？　相変わらずのお坊ちゃんぶり、可愛いね〜マヤマヤ」

余計なことでからかってくる兜にうんざりし、真耶は返事をせず、かわりに着ていたトレンチコートを脱いだ。代々政治家の家で育った兜は、自身も代議士。既に結婚もし、子どももいる。そのパートナーとはいろいろあって真耶も親しいが、今日は同じ高校の出身者のみの集まりなので、兜だけが参加していた。

「真耶ちゃん！　こんにちはーっ」

ソファの背をよじのぼってジャンプし、「こら」と翼に言われながら、翔が真耶に駆け寄ってくる。今年八歳、元気いっぱいだ。

起源種は父親と同じタランチュラでも、母親が翼のおかげか、ハイクラス上位者特有の生意気さは翔にはなく、素直に育っている。

真耶は満足して、にっこりと頷き、翔の頭を撫でた。

「可愛いものにしか興味ないんだから、マヤマヤは」

背後でぼやく兜は無視し、既に来ているはずの央太を探して、部屋を見回す。

身長は真耶より十センチほど低く、ふわふわした髪に、大きなどんぐり眼の可愛いハイクラス……。しかしそれらしき影はない。かわりに眼に映った姿を、真耶は一度意識の外に追い出した。けれど無視しきれない違和感を覚えて、もう一度振り返る。

その瞬間、真耶は固まってしまった。

「久しぶり、真耶兄さま」

ソファの前に立った男が、おかしそうにこてんと、首を傾げた。

栗色のはずの髪は、金色に。そして眼は、鮮やかな赤になっている。

背が高い。ぐんと伸びている。澄也くらいはある。小柄でやせっぽち、頼りなかった華奢な体は面影すらなく、肩幅も広く、男っぽい体格の、甘ったるい顔の、いかにもモテそうな男が眼の前にいた。

それは見間違いようもなく、央太への手土産を買ったパティスリーで声をかけてくれた……あの、親切で、やたらと女性の視線を集めていた、シェフの知り合いで、ロウクラスにも優しかった、非の打ち所がない――好ましいとさえ思った、あの男だった。

「……え？」

真耶は驚きすぎて、一言声を発しただけで棒立ちになった。男はくすくすと笑っている。

「嬉しいなあ、それ。僕のオススメ聞いて買ってくれたんだね？」

彼は近づいてくると、真耶の手から、菓子袋を受け取って中を覗いた。男に勧められたジャンドゥーヤが入っている。

「真耶兄さまが持ってきてくれそうだったから、自分ではべつのを買ったんだ。ありがとう、みんなで食べよう」

にっこり微笑まれて、真耶は信じられない思いで眼の前の男を見上げた。彼ははっきり、「真耶兄さま」と呼んだ。それは確かに央太しか口にしない、甘ったるい真耶の呼び名だった。

まさか、これが本当に央太？　と思う。

真耶の知っている央太ではない。そもそも、匂いが違う。央太はスジボソヤマキチョウという起源種で、やわやわとした、朝の山のような優しく弱い香りだった。だが眼の前の男は、南国の花のような匂いを、こちらが咽せるほどに香らせている。

固まっている真耶に気付いてか、翼が「あれ？」と真耶と男を見比べた。

「央太、真耶先輩に言ってなかったの？　突然変異のこと」

「まさか。話したよちゃんと。ねえ、真耶兄さま」

仕草だけは可愛かった昔のまま、首を傾げる央太に、真耶は息を呑んでいた。

――突然変異。

「だよな。俺も真耶先輩とその会話した覚えあるし……。ほら、今から八年くらい前。フランス行ってた央太が、スジボソヤマキチョウから、お父さんの起源種の……ツマベニチョウに突然変異したーって」

「そうそう。一ヶ月くらい、毎日骨がミシミシいって。痛くて痛くて寝込んじゃった」

二十センチくらい一気に背が伸びたんだよ～、と、央太が笑った。

そのとき真耶の記憶に蘇ったのは、泣きながらかかってきた央太からの国際電話だった。

突然変異で苦しいと泣きつかれた。あのとき自分は――よかったじゃないか……と言った気がする。

――もともと、親御さんにはツマベニチョウで生まれてほしいと、思われてたんだろう？

万が一、そんな可能性もあるからと、大きめの制服を買ってもらったと、高校時代に聞いていた。望まれた姿に変わるのだ。こんなに良いことはないと、本当に思った。

突然変異とは、急に遺伝子の組み換えが起こり、成人してから起源種が変わるという極めて珍しい現象だ。しかし低い確率なだけで、起こらないわけではない。

「……いや。覚えてたけど、ずっと会ってなかったから……」

思わず、上擦った声が出る。自分でも、言い訳じみていると思った。小柄で可愛かった、かつての央太の姿が脳裏によぎって、消えていく。額に冷たい汗がにじむ。

「俺はここ数年間、テレビとか雑誌で央太見てたから、逆に大きい央太に慣れちゃってたや。この前も昼の番組に出てたし、十年ぶりと思えないよ」

楽しそうに笑う翼の言葉に、央太も「そう？」と嬉しそうだが、真耶は話題についていけない。テレビ？　雑誌？　なんの話だと思う。

「天才パティシエ、白木（しらき）央太って日本じゃ有名人だもん」

――有名人？　央太が？

真耶はまるで、異世界に放り込まれたような気持ちだった。褒められた央太は、居心地悪そうな笑顔だ。

「言いすぎだよ。実際には師匠の使いぱしり。日本に来たのも、日本支店の起ち上げの助っ人だしね。それも久々に帰りたかったから、志願しただけだし」

「央ちゃんが認められて、店を任されてるってことでしょ？　すごいじゃない」

　苦笑する央太に、横から兜が言う。

「ここにも央太のこと、繊細で優雅なパティシエ界のアーティスト、って書いてあるよ」

　翼は雑誌を取り出すと、まるで自分のことのように得意げに言った。だが央太は「もういいよ。それより翼、お菓子、お皿に出そうよ」と、恥ずかしげにダイニングへと逃げていく。真耶は思わず「翼くん、見せて」と言っていた。

　受けとった雑誌は、全国規模の総合情報誌だった。食べ物やイベント、ファッションや芸能情報など、流行の最先端を取り扱っている。開いた頁には、たしかにパティシエの服に身を包んだ、甘やかな央太の顔のアップが載っていた。

　――女性から高い支持を集める、美形パティシエ。

　というあおり文句の下に、簡単なプロフィールが載っている。

『二十八歳。起源種はシロチョウ科の最大種、ツマベニチョウ。その出身種にふさわしい甘いマスクと香りが魅力的。十八歳でフランスの巨匠、ピエール・ルノートルの元で修業。五年後、異例の若さでルノートル二号店のシェフ・パティシエとなる。翌年、クープ・

ド・モンドにて優勝、世界から注目されることに。この冬から、日本支店第一号となるルノートルのパティスリーにて、店長を務めることが決まっている。』

書かれていることが、まるで頭に入ってこない。咀嚼できずに混乱する。

真耶兄さま、と甘えた声を出して、自分の後ろについてきた小さな央太と、雑誌に載っているプロフィールがあまりにも違いすぎて、別の人間のことではないかと疑う。

真耶にとって央太は、手のかかる甘えん坊の幼なじみで、十年間パリにいたとしても、いまだ店の棚を拭いたり、床を磨いたりしているだけの、下働きのイメージしかない子どもだった。

「真耶……お前、本当は忘れてたろ」

すぐ背後に立った澄也が、小さな声でため息まじりに言い、真耶はぎくりとした。

顔をあげると、リビングには翼と央太、翔の姿はなく、三人はキッチンへ行き、真耶の横には澄也と兜が残っていた。

「あーあ、かわいそ。央ちゃんはマヤマヤが大好きだったのに」

わざとらしく肩を竦める兜を、真耶はじろりと睨む。しかし、反論できなかった。

ソファに座った兜は、ニヤニヤと真耶を見る。

「マヤマヤは見たくなかったんだよね、大きくなった央ちゃんのこと」

その優秀さでマヤマヤが忘れるはずないもん、と、兜は揶揄するように鋭い一言を付け加えた。澄也が「おい兜、やめとけ」と呆れたように言ったが、兜は追い打ちをかけてくる。

「だって突然変異だよ。教育者なら、さすがにどんなものか知ってるでしょ」

真耶は息を止めた。そうだ。知っている。知識としては、当然あった。

突然変異は、体が急激に変わるため、一ヶ月近く寝込むという。骨が伸び、筋肉が裂け、再生されて、体が作り変えられる。体験者はとんでもない恐怖を味わうと、知っていた。

央太が突然変異を起こしたという連絡を受けたとき——耐えて頑張れと話した。上位種になることは分かっていたから、望まれたとおり生まれ直せるのなら、良かったじゃないか。そう、言った。

思い出す真耶の耳に、涙まじりの声が蘇る。まだ高く可愛かった、小さな央太の声。

——兄さま、お願い。会いに来て。言いたいことがあるの……。

真耶は知らず知らず、息が浅くなっていた。思い出したくないこと、蓋をして見ないようにしてきたものが心に浮かんできそうで、不安になる。

澄也がため息をつき、とりなすように呟く。

「まあお前も、白木のことは大事だっただろう。日本にいる間は、可愛がってやれ」

なぜそんなことを言われねばならないのだろう。ほっといてくれと思ったが、言葉は出てこない。

心の奥底で、真耶は動揺し、困惑していた。

（央太が大事だった？　いや、僕は――……）

しかしその先を考えるのはいやだった。なぜ央太のことを忘れていたのか、パティシエになったことさえ知らなかったのかも、考えたくない。

真耶は雑誌をローテーブルに置くと、辛抱強くゆっくりと、自分の中にある重たい蟠り、燻っている罪悪感を押しのけて、考えるのをやめた。


さほど広くない部屋だったが、翼のマンションにはリビングから続いて出られるルーフバルコニーがついていた。そこにベンチやロッキングチェアを置き、アウトドア用のバーベキュー器具を出して、澄也と兜が肉を焼き、翼が簡易ダッチオーブンでビーフシチューを、そして央太がフルーツを切って、パーティは始まった。

「うわあ、央太。これなに？　ただフルーツ切るだけでこんなふうになるのっ？」

肉が焼ける香ばしい匂いがバルコニーいっぱいに広がっている中で、中央の折りたたみハイテーブルに料理を運んでいた翼が、感嘆の声をあげる。

一人やることもなく翔の相手をしていた真耶は、思わずテーブルを見た。四角いガラス皿の上に、色とりどりのベリーが盛られ、その間を埋めるように、ダリアのような花が咲いている。それはよく見ると、飾り切りの林檎（りんご）だった。

「簡単にできるよ」

と央太は笑っているが、澄也も兜もたいしたものだと頷き、興味をひかれた翔までも、真耶を放り出して「なになに？」と駆け寄っていった。

真耶だけが、なんとなくその輪に入れないでいた。

パーティが始まると、料理と酒——真耶は車なのでノンアルコールだ——を楽しみながら、忙（せわ）しく会話が始まる。真耶は最初こそ笑顔で相槌（あいづち）を打っていたが、しばらくすると疲れてしまった。

気がつけば主賓の央太は率先して肉や野菜を焼いて、みんなの皿に載せている。動きに無駄がなく、優美でさえあって、小さなコンロの前でも、大きな体がまったく邪魔に見えない。さすが一流店のパティシエ。

そんな央太の姿を見ていると、真耶はわけも分からず罪悪感を覚えた。眼を逸（そ）らし、輪から外れたロッキングチェアに腰掛ける。

残っていたシャンパンを飲み干したとき、「兄さま」と声をかけられて、真耶は肩を揺らした。見上げると央太が、眼の前に立っている。胃の奥がきゅっと締まるように緊張した。

「なにも食べてないよね？　はい、どうぞ」

　優しい話し方には、十年前までの央太がまだ、残っている気はした。差し出された皿には、焼きたての肉や野菜がきれいに盛りつけられている。バーベキューで、皿だってただの紙皿なのに、まるでレストランの食事のように見映えがする。

「……ありがとう」

　なるべく平静に皿を受け取る。央太はごく自然に真耶のグラスを取りあげ、かわりに箸を差し出した。

「真耶兄さまってば、ほんと、すぐ隅っこに座って空気になっちゃうからな」

　央太は独り言のように言って、苦笑した。なんのことだと訊き返すより先に、央太はいつの間にか空いたロッキングチェアを引き寄せて、すぐ横に腰掛けた。

「ソースね、僕が作ったんだよ。味見してみて」

　皿の中央で、ソースをかけられたミスジ肉がてらてらと脂を光らせている。周りには、火を通したオクラやミニトマト、軽く炙ったルッコラなどが、彩りよく飾られていた。

「じゃあいただきます」

　切られた肉を口に入れると、焼き方も加減がちょうどよく、肉の旨みのあとに、ソースからハーブとフルーツの香りが広がった。

「美味しい」

「でしょ。ソースにオレンジを使ったんだよ。それと蜂蜜。真耶兄さまの好きな味だよね」

真耶の顔を覗き込んで言う央太は、穏やかに微笑している。嬉しそうだ。真耶はどう返答したものか困り、食べる動きを止めた。

「……——央太」

皿を膝に置き、隣の央太を見る。央太は「うん？」と、可愛らしく首を傾げた。

「どうして……昨日、パティスリーで会ったとき、なにも言わなかったんだ……？」

真耶は言うべきか迷って、けれど訊かないのはやはり正しくない気がして、その疑問を口にした。訊ねた瞬間、苦いものが胸に広がった。なぜなら、気付かなかったのは自分だったからだ。それはこの八年、央太のことを気に懸けてこなかったという証でもあるような気がした。

央太は一瞬真顔になって黙り込んだ。真耶の体は、緊張して力が入る。けれど数秒ののち、央太は笑い、「だってさあ」と肩を竦めた。

「真耶兄さま、全然、気付かないんだもん。そりゃ十年ぶりだし、起源種も変わってるし、仕方ないかと思ったけど。あんまり気付かないから今日驚かせてやろうと思って」

ひどいよ、とか、冷たいんだね、と責められることも覚悟していたので、真耶は拍子抜けした。央太は機嫌よく、くすくすと笑っている。だが驚かせてやろうとは、あまり感心できない。

「おかげで真耶兄さまの珍しい顔が見れたなー、さっき僕を見つけたとき、眼、まん丸くしてたよ」

笑われたのは面白くなく、真耶は黙り込み、食べるのを再開した。央太は隣で、勝手に会話を続けている。

「僕、しばらく日本にいるんだ。開店準備はあるけど、折角だからデートしよ？」

突然の軟派な言葉に、真耶は動揺して箸を止めた。思わず央太を見る。央太はなんでもなさそうに、ニコニコと笑っていた。

（……本当にこれが央太か？）

真耶は戸惑った。少なくとも真耶が知る央太は、こんなに気軽に、これほどそつなく、慣れた様子でデートに誘ったりできるような性格ではなかった。

「……なに言ってるんだ」

どうしていいか分からずに、素っ気なく返す。けれど央太はへこたれることなく続けた。

「だって翼も結婚してるし、独り者同士って僕たちだけじゃない？」

さすがに知らないうちに結婚はしていなかったらしい。央太が独り身だと聞いて、ホッとしたような、いっそ結婚していてほしかったような――変な気持ちになった。

「央ちゃん、央ちゃん。あれ、持ってきてくれた？　頼んでおいたよね」

と、皿を片手に兜が寄ってきた。央太は苦笑気味に「やっぱりいるんですか？」と訊いている。横で見ていると、その姿もやはり、以前の央太とは違っている。

変異する前の央太は、兜に対してはいつも少し緊張気味で、一歩も二歩もひいていた。しかし今はごく対等に接している。

ツマベニチョウはシロチョウ科最大種。はばたきは強く、飛翔力が高い。そのため攻撃的なムシを相手どっても、大きな翅とはばたきの風圧で押しのけられる。大型チョウ種を起源に持つ人間の多くは、普段はのんびりとして優雅だが、本気になればスズメバチやカブトムシにも劣らぬという、生来の余裕のようなものが備わっている。

央太が兜相手にも怖じ気づかないのは、変異した起源種のせいなのか、それとも十年で得た成果のためなのか――真耶には、分からなかった。

「もう、特別ですよ。……こういうの、あんまり気が進まないんだけど」

ため息まじりに央太が言い、立ち上がってリビングのほうに戻っていく。真耶は眉をひそめて、「なんのことだい？　兜」と訊いた。兜は聞こえないふりをして、あさっての方角を向いた。まもなく戻ってきた央太が、小さな紙袋を兜に差し出す。

「これこれ。日本には売ってないんだよね」

袋を受け取った兜が、確認するように取り出したのは、小ぶりの瓶だ。中にはとろりとした金色の液体。表面にはハチの絵が描かれ、読めない文字が添えられていた。アルファベットのようだが、綴りを見ると、少なくとも英語ではない。

「あっちでも手に入りにくいんだよ。ワインに混ぜて、ちょっとずつ飲んでね。あと、パートナーの方、お子さん小さいよね。使うなら子育て落ち着いてからにしてよ」

窘めるような央太の言葉に、兜が分かってる、分かってる、と答える。

「……またなにか、篤郎くんによからぬことを企んでるんじゃないだろうね」

真耶は兜の様子から、危険な匂いを察知した。この幼なじみが異様に執着しているのはたった一人、自分の伴侶、篤郎のことだけだ。しかし兜は「まさかあ、お酒取りに行こうっと」と、真耶の追撃を避けるように中央のテーブルへ逃げていった。

央太が再び隣に座ったので、真耶はじろりと振り返った。

「あの液体、なに？　違法なものじゃないだろうね」

「あ、怒ってる真耶兄さまだ。やっぱりかっこいいね。自分のためには怒れないのに、弱い者のためにだけは、怒れる真耶兄さま……」

「央太。真面目に訊いてるんだけど」

真耶が身を乗り出すと、央太は苦笑し、「大丈夫だよ」と言った。

「ヨーロッパの養蜂家のところで、ひっそり売られてるものなんだ。ハチ種が起源の人間には甘露みたいな酒で、度数が高いから……上手に飲まないとやられるよってだけ」

じゃあ、違法なものじゃないんだな、と念押ししようとしたそのとき、翼たちの集まったテーブルでどっと笑いが起こり、真耶は振り向いた。

円の中心には翔がいる。どうやら、翔がなにか面白いことを言ったらしい。

翔は八歳にしてはかなり大きな体で、翼の膝に乗っている。翼は重い、重い、と言いながらも息子の腰に手を回し、抱いてあげていた。澄也はそんな二人を愛しげに見つめ、兜も楽しそうだ。

隣の央太がふと、

「星の集まったところだね」

と、言った。その言葉に驚いて、真耶は央太を振り返る。央太も翼たちを見ていたが、真耶の視線に気がついたように、振り向いてニッコリ、笑った。

「……いつもそこからはずれてる。真耶兄さまは、誰かがいれば色づくけど、誰もいないと透明な星みたい」

すぐ見えなくなっちゃう。

「……そんな兄さまには、僕のことは荷が重すぎたかなあ? 単に興味がないから……僕のこと、忘れてた? それとも、わざと見なかった? ……教えてよ。うちの店のサイト見てって、電話のたびにいつも言ってたでしょ」

真耶は息を呑んだ。央太は微笑みながら、サイトには僕の写真、ちゃんと載ってたんだよ、と言った。見ていれば、今の央太がどんな姿か、知っていたはずだと——暗にそう言われたのだと、真耶は気付いた。

「昨日……わざと、央太だって言わなかったんだ。試して悪いと思ったけど」

——でも兄さま、最後まで僕だって、気付かなかったね？

央太は肩を竦めて言う。声と顔は笑っているが、赤い瞳は笑っていない。構えていたさっきと違い、油断しているときに言われて、真耶は硬直した。額に、冷たい汗がにじんでくる。

「真耶兄さまってば、僕に向かって、僕のことを話すんだもん。しかも、まだ修業中だろうなんてさ。まあ、小さい僕ならパティシエになれなかったのかな。分かんないけど。二十歳からこの姿だから……もう今さらこだわったってね……」

心臓が強く鼓動し、不快な感情が体の内側に迫り上がってきた。弁解したくなったが、なにを言ってもすべて言い訳になると思うと、なにも言えない。真耶は追いつめられて、視線を下に落とした。

「大丈夫、怒ってないよ」

そうつけ足してニッコリし、央太は立ち上がった。

「兄さまがそういう人だって、知ってるから。星の集まりの中には、入れないんだよね？」

肩を竦めてなんでもないことのように言う、央太の赤い眼に、ほんの一瞬だけ諦めのような、呆れたような、それでいて憐れむような色がにじんだ。

「真耶兄さまを好きな……僕のことは、邪魔だった？」

それとも好きだった?

央太は首を傾げて、真耶を試すように眼を細めた。真耶は息を止めていた。思考が停止し、言葉が出て来なかった。じりじりと胃の奥が痛む。

「じゃあね、僕は星の群れに混ざっとくよ」

央太はしばらくするとそう言い捨てて、輪の中心へ戻っていく。

真耶はその場に取り残され、長い間、なにもできずに固まっていた。

その日、央太が手土産に、とみんなに配った紙袋の中には、シトラスケーキが入っていた。ハチミツ漬けのレモンの輪切りが載せられた、香ばしいケーキは、真耶も大好きな央太の定番で、日持ちがするのでよくフランスからも送ってもらっていた。添えられた小さな封筒の中にはメッセージカード。見知った央太の字で、こう書かれていた。

『返事はもらえるのかな?』

真耶はそれを、見なかったふりをした。

四

翌朝、いつもどおりの時間に起床し、いつもどおりの時間に職場についた真耶は、よく眠れなかったせいで睡眠不足だった。

うとうとと眠りにつくと、決まって央太の夢を見た。小さかった央太だったり、今の央太だったりと様々だったが、言うことはすべて同じ、

『返事は？』

の一言で、真耶はぞっとして眼を覚ます。その繰り返しだった。忘れたくて、片っ端から仕事を片付けていると、いつの間にか夜の八時になっていた。

「副理事、お帰りですか？」

コートを着て職員室へ入ると、定期試験の答案作成でまだ残っている教員に声をかけられる。

「ああ、お先に失礼するよ。急ぎの用事はありませんか？」

職員室の出入り口にはスチール製の腰高の棚があり、そのうえにはずらっとレターボッ

クスが並んでいる。『副理事宛』とラベルの貼られた引き出しには、急ぎではない書類や連絡事項、チラシなどが入れられている。真耶は職員の様子を見がてら、一日の最後に立ち寄って、中身を持ち帰るのが日課だった。

大丈夫ですよ、と笑う教員に笑顔を向けてから、真耶はレターボックスの中身をざっと確認した。各種お知らせに混ざって、賃貸情報のチラシの挟まったクリアファイルが入っていた。差し込まれた付箋には、『土曜はありがとうございました。これ、見かけたのでもらってみました』と、芹野からのメモが書かれている。芹野の気遣いに、気持ちが緩む。と、ファイルの後ろには、一枚「意見書」という題目の手紙が混ざっており、真耶は訝しく思った。

それはパソコンで作成されており、差出人名のないものだった。

『副理事様
副理事のご功績は大変素晴らしく、学園経営は順調かと思われます。しかし、ロウクラス出身者の生徒への優遇措置が目立ちます。彼らへの奨学制度、いじめの未然防止には賛成ながら、これまでの八年間、入学してきたロウクラス出身生徒の成績及びその後の進路と、その他ハイクラス出身生徒の平均的な成績及び進路を比べて見るに、差があるのは歴然。賢明なるご判断を、今一度お願いいいたします』

始終丁寧な文面の、その意見書を、真耶は数度読み返し、職員室の中を見渡した。残っている教員は、みんなパソコンに張りついていて、こちらを見ていない。真耶は邪魔しないよう、小さな声で「お先に」と声をかけてから、職員室を出た。

職員棟を出ると、自然とため息がこぼれた。

……仕方ない、理解されなくても。

頭の中に諦めが広がるが、もう一人の自分が「なにを弱気な」と叱ってもくる。

（僕のしていることは間違いなのか？　そうじゃない……なら、理解を求めてもいいはずだ……）

しかし他人に自分の考えを理解してもらうのは、そもそも難しいことだ。真耶は持っていた紙束を、「意見書」ごと鞄にしまい、芹野からもらったクリアファイルだけ残した。職員棟から漏れる灯りを頼りに、暗闇に浮かぶ物件情報を見ながら歩いていると、誰かの気配がしたので足を止める。

「悪いんだ、先生なのによそ見歩きして」

おかしそうな声がして、真耶は眼をしばたたいた。駐車場に向かう道の途中に、背の高い男が立っている。央太だった。

「お、央太？」

まったくの不意打ちに驚き、真耶は変な声を出した。同時に胃の奥が、じわっと痛む。昨夜もらった手土産の中に、差し込まれていたカード。『返事はもらえるのかな?』の一言が蘇り、落ち着かなくなった。

央太は涼しい顔で、「試作品作ったから。差し入れ」と、紙袋を差し出してきた。袋の表には、ルノートル・パリとフランス語で書かれている。

覗くと、中からは甘い砂糖の匂いが香ってきた。黙って央太を見上げても、笑みを浮かべているばかりで、真耶はしぶしぶファイルを持ち替えて、紙袋を受け取った。

手ぶらになった央太は、ラフなブルゾンのポケットに両手を入れ、

「なにそれ。マンションの間取り図?」

真耶が片手に持ったファイルを目敏く見つけて、覗き込んでくる。

「引っ越すんだ? 寧々さん、もうすぐ結婚だもんね」

どうしてお前がうちの事情に詳しいんだ——と思ったが、知ろうと思えば翼からでも寧々本人からでも、いくらでも訊けるのだと真耶は思い出し、「まあ……そんなところ」と素っ気なく返した。あまり詮索されたくなくて、ファイルを持った手を下ろす。会話の接ぎ穂がなくなり、沈黙が流れた。

央太はじっと真耶を見たまま黙っている。真耶は気まずい気持ちになり、立ち去る理由を探したが、思いつかない。

昔はこういうとき、どうやって話していただろう？　そう思ったが、央太はいつも一人で喋っていて、真耶はそれを適当に聞いているだけだった。大人になった央太は、聞いて聞いてとも言わないし、一緒にいたいとごねたりもしない。昔の真耶なら、立ち去りたければ、ただ、僕は行くからお前は来るなと率直に言えたはずだった。

「真耶先生、お帰りですか？　お疲れ様です！」

そのとき、分厚いファイルを何冊も抱えた芹野が、スーツの上着も着ていない軽装で、教室棟のあるほうから走って来た。明るい声に沈黙が破られ、真耶はハッと我に返った。

「あっ、真耶先生のお知り合いですか？　初めまして。教諭の芹野です」

カジュアルな服装の央太は、どう見ても教育関係者ではない。場合によってはただの不審者のはずなのに、芹野は少しの疑問も抱かないのか、律儀に挨拶をした。

「初めまして。この学園のOBで、雀さんの後輩です」

央太はポケットに入れていた手を出すと、にこやかに応じた。

芹野は頬を上気させ、驚いたような顔で央太に見とれている。央太は「じゃあ、また連絡するね」とだけ真耶に言い、さっさと立ち去ってしまった。央太がいなくなったとたん、真耶の緊張が解けた。無意識に詰めていた息を、ゆっくりと吐き出す。

「かっこいいですねえ、真耶先生の後輩さん。どこかで見たことあるような……？」

芹野はうっとりと言う。と、真耶の持っている袋に眼を留めて、いきなり身を乗り出してきた。

「それ、ルノートル・パリの紙袋ですか⁉　僕知ってます！　フランスから取り寄せたことが……あっ、さっきの、ルノートルのオウタ・シラキじゃないですかっ」

　どうりで見たことがあると思った、テレビで見るよりかっこいい！　と大騒ぎする芹野に、真耶は困惑した。自分の知っている央太への賛辞とはとても思えず――けれどこれが、今の央太への、普通の反応なのだと思い知る。

「真耶先生、あんな有名人とお知り合いだったなんて！」

「そんなに、有名なのかな……」

「日本出身の天才パティシエ、起源種はシロチョウ科屈指のハイクラス、ツマベニチョウ。甘くて美味しいのはお菓子だけじゃない、そのフェロモンを嗅いだだけで、ものすごい甘さにはらんじゃいそうと評判の……」

　芹野の口からあまり聞きたくなかった言葉を聞いた。

　これ以上央太への褒め言葉を聞いていられず、真耶は思わず芹野が抱えているファイルの上に、もらったばかりの紙袋を置いてしまった。

「じゃあ、これどうぞ。食べて、感想教えてくれる？　あいつの試作品みたいだから」

　芹野は真耶が思った以上にはしゃぎ、いいんですか、と何度も訊いた。真耶はいいんだ、と言い、そそくさと駐車場へ向かう。車に乗り込み一人になると、どっと疲れが押し寄せてきて、長くて深いため息が出た。

央太から、『返事』を迫られなかったことに、安堵している自分がいた。けれど自分がなぜ安堵し、なにに怯えているのか、考えたくない。

思考を振りきるように、真耶は車のエンジンをかけ、家路を急いだ。


央太からそんなメールが入ったのは、真耶が家に着き、いつもどおり夕飯をすませ、部屋に戻ったころだった。

『真耶兄さま、お疲れ様。試作品、一つくらい食べてくれた？』

真耶は一瞬、躊躇したが、嘘をつくわけにもいかない。正直に返信した。

『芹野先生にあげた。お前のファンみたいだったから。明日感想を聞いておくよ』

携帯電話の機能で、相手がメールを読んだかどうかはすぐに分かる。画面には既読マークがついたが、返事は三十分以上返ってこなかった。それくらいどうでもいいことのはずなのに、なぜだか落ち着かない。

ベッドに寝転がると、じっとメール画面を睨みつけたまま、何度も更新ボタンを押して返事がないか確認してしまった。やっと戻ってきた返信は、微妙な空気をはらんでいた。

『真耶兄さまにあげたのに？　兄さまって、そういうとこあるよね』

「……はっ？」

難癖をつけられた気がして、真耶は思わずベッドの上に起き上がり、返信を打った。

『もらったものをどうしようと僕の自由だ』

『そういうとこあるよねって言っただけだよ』

非難めいたその言葉に、真耶は苛立った。

昔の央太なら、こんなことはなかった。もし真耶の行動が不満なら、ぷくっと頬を膨らませて、「真耶兄さまに食べてほしかったのに」と可愛く駄々をこねただろう。

真耶はそれに対して——結局は「もらったものだからどうしようが勝手だ」と言ったかもしれないが、少しは悪かったと思い、央太の頭を撫でてやるくらいは、しただろう……。

それ以上言い返す気にもなれず、真耶は携帯電話を放り出し、メールは見なかったことにした。


（突然変異で体が大きくなったら、中身まで可愛げなくなるのか？）

翌朝になっても、央太から『意地悪な言い方をしてごめんね』という謝罪のメールはなかった。会話はぶつ切れのまま、後味が悪かったので、真耶は腹を立てていた。

くさくさした気分で出勤し、仕事をしていると、職員室のほうが騒がしくなった。気になって向かうと、校長、教頭を取り囲み、教師陣が難しい顔をしていた。

「どうかしましたか？」

理事長が海外視察中の今、副理事の自分が教員を助けなければならない。訊ねると、校長が困った顔で真耶を見た。

「副理事、今、お伺いしようとしてました。実は、三日後のOB講演会のことで……」

真耶はちらりと、壁に貼られたポスターを見た。期末前のこの時期、星北学園では毎年一人、卒業生を招き、講演会を行っていた。講演者は卒業生の中から、様々な分野で活躍する一流の人間が選ばれる。

過去には、真耶の幼なじみである兜にも来てもらったことがある。有名な代議士だからだ。そして今年は、海外を主な拠点として活躍するアーティストに来てもらう予定だった。

「実は講演者の方が、急病で来られなくなりまして……」

今年呼んでいたのはフランス在住の空間作家で、今日が移動日だったが、熱を出して倒れたという。真耶もそれには、さすがに驚いた。

「代役の候補はあるんですか？　彼を選ぶ際に作った講演者の候補リストがありましたよね。片っ端からアポをとってみては？」

「いえ、さすがにそれは。芸術分野で絞りたいというのが今回のテーマでしたし、代役と聞かされれば、どなたもいい顔はしないでしょう。一流の方ばかりです」

校長は相手の怒りを恐れてか、首を横に振った。

講演会は年一回の恒例行事で、生徒たちは在学中に三回、機会に恵まれることになる。政治、経済、芸術の三つの分野で順繰りに講師を頼み、三年をかけて様々な分野と接するというのが、狙いの一つだった。

誰かが、澄也先生にお願いしてみては、と言った。彼は星北学園の保険医なので、頼まれればやってくれるだろう。医療も広くみれば、芸術分野に入るだろうと。

「……七雲先生は日頃から生徒に接してますし、あまり刺激にならないでしょう。いつもなら会えない人に会えるのが、講演会の醍醐味ですから……」

澄也を侮るわけではないし、教師陣の希望を潰すようで申し訳なかったが、真耶は率直な感想を伝えた。そのとき、後ろのほうにいた芹野が、「あ!」となにか思いついたように声をあげた。

「オウタ・シラキ!　オウタ・シラキはどうですかっ?」

若干興奮したように言った芹野に、真耶はぎょっとしたが、他の教師たちは戸惑い顔で振り向いている。

「……白木央太か。たしかに世界で活躍するアーティストですね。うちの卒業生です」

年配の教頭がすぐに思い出し、定年間近の校長も、

「有名な賞をとった人だったな」

と、頷いている。パティシエなどに到底関心のなさそうな、この二人まで央太を知っていることに真耶は驚いた。

「いやしかし、白木さんもフランス在住ですよね。過去に教員間でも、彼を呼んではという意見もありましたが、忙しいと聞いていたので……」

さらに、誰かが言ったその言葉にも驚く。央太はそれほど有名になっていたのかと思う。

「白木さん、今日本にいらっしゃいますよ。日本支店の起ち上げのために来てるって、この前雑誌にもありましたし……それに昨日、真耶先生を訪ねて学園にいらしてました」

自信満々に芹野が言い、とたんに、教員の視線が真耶に集まった。真耶はそれに一瞬たじろぐ。

「そうか、真耶先生は彼と在学期間がかぶってらっしゃいましたね」

「知り合いなら話が早い。テレビで見た限りですが温厚そうな方でしたから、受けてくれるなら助かります。頼んでいただけませんか」

「スケジュールさえ合えば大丈夫でしょう、オウタ・シラキは起源種がツマベニチョウでしたよね。フェロモンは強いが攻撃的な性質ではないはずです」

乗り気な教員たちに、真耶は困り、「いや……その……」と煮え切らない返事を返した。

「どう、でしょう。彼は人前に出られるタイプでは……」

人前に出られるタイプではない。――少なくとも、真耶が知る央太はそうだった。大きな体の男を怖がり、ハイクラスの男たちを恐れて、よく真耶に泣きついてきた。初等部、中等部は通学バスですら真耶の陰に隠れていたし、高校時代は寮の同室者が怖かったらどうしようと泣いていた。しかし……。

（年配の先生たちも知っているほど、メディアに出ているのなら、もう平気なのか）

ふと、その可能性に気付く。そうすると、央太が引き受けないだろう、という憶測はなくなり、残った問題は真耶の個人的な感情——。

『央太には、今、会いたくない』

というものだけになった。さすがに自分のワガママで、教師陣のたっての願いを退けるわけにはいかない。

「……か、確認をとってみます」

苦し紛れに言ったとき、芹野の嬉しそうな笑顔が、視界の端に映った。

昨日、嫌な気分で投げ出したことを思うと、メールで頼み事はしづらい。

央太の勤務形態も、そもそもどこでなにをして働いているかも、担当するという日本支店がオープンするまでどんな役割があるのかさえ知らないので、休み時間も見当がつかない。行き当たりばったりで電話をしてみるしかない——。

気乗りせず、真耶はため息が出そうになるのを抑え、「話がついたらあとで結果を知らせます」と言い残して、職員室を出た。

するとと芹野が慌てたように、真耶を追いかけてきた。

「すみません、真耶先生に頼ることになってしまって」

芹野は謝ってくれたが、そもそも講演会の主催は各学年の主任と教頭なので、謝罪する筋合いはまったくなかった。

芹野はポケットを探り、「これ」と、少し困ったような顔で、小さなカードを渡してきた。受け取ると、そこには央太の字で、こう書かれていた。

『お疲れ様。甘い物食べて、疲れがとれるといいんだけど。央太より』

ケーキの箱の内側についていたんです、と芹野は恐縮したように言った。

「気付いたときには食べちゃってて……やっぱり、もらうべきじゃなかったなって」

「……いえ、長い付き合いですから。彼は、もともと筆まめなタイプというか……」

深い意味はないから気にしないで、と真耶は笑ったが、爪先のほうからゆっくりと、嫌な気持ちが胸にのぼってくる。

――深い意味はない？　本当に？

自分で、自分の言った言葉が嘘に思えた。

（いや……相手が兜なら、こんなカード、僕は気にしない）

けれどもし相手が翼なら？　真耶はもらったものを、紙袋ごと、中身も見ずに芹野に渡すなんて雑なことはしなかっただろう……と思った。差し入れをぞんさいに扱ったのは、相手が央太だったからだと思うと、後ろめたい気持ちが、胸の中に湧いてくる。自分は、正しくないことをしたのでは？

気がつくと真耶は、胸ポケットの万年筆に触れていた。

「ケーキ、どれも夢のような味で、四つとも全部食べちゃいました。すっごく美味しかったと伝えておいてください」

あとで写真をメールしますねと言われて、真耶は笑顔だけ返し、副理事室へ戻る。胸中は複雑だった。昨夜の央太のメールの一文が、頭をかすめた。

――兄さまって、そういうとこあるよね。

決めつけるような、なにもかも見透かしているかのような言葉。

椅子に腰かけ、電話を取りだしたものの、かけるのがためらわれて、しばらく固まっていた。一番いやなのは、央太相手になると、上手く切り返せなくなる自分だった。

だがこれは仕事だ。鉄の理性を呼び起こし、真耶は央太の携帯に電話をかけた。

コール三回目、呼び出し音が途切れ、『はい、もしもし』と、央太の声がした。

央太がフランスにいるときにも、何度かかけたことがある。いつも少し遠かった声が、今は同じ日本にいるせいではっきりと聞こえた。

（……央太の声、低いな）

突然変異前の、あの可愛らしい声ではまったくない。今になってみれば気付くのに、なぜ長い間気に留めなかったのだろう、と思う。いいや、留めなかったのではなく──携帯電話の調子が悪く、声がくぐもっているせいだと……頑なに思い込もうとしていた。

『真耶兄さま？　なに、どしたの』

電話の向こうの央太は、怒ってもいなければいじけたふうでもなく、昨夜交したメールのことなどこれっぽっちも気にしていない、平然とした様子だった。

それに内心ホッとしつつも、自分だけが空回りしているようで、面白くない気分でもある。真耶は「ちょっと今、いいか？」と、通話の許可を得てから、講演会のことを話した。

央太は手帳を見てみるから、と言い、立ちあがるような物音をたてた。保留ボタンが押されていない電話の向こうからは、機械の動く音や、英語とフランス語の入り交じった会話などが、微かに聞こえてくる。

『ごめんね、うるさくて。今、新規店舗の内装工事に立ち会ってるんだ』

そういう仕事もするのか、と思いながらも真耶は黙っていた。手帳が見つからないのか、央太は紙束をどかすような音をたてたあと、電話口でくすっと一人で笑った。

『ほんと、僕に興味ないよね。まあ、僕だけじゃないんだろうけど。なんにも訊かない』

「……はっ？　なんだって？」

言われた意味が一瞬分からず、真耶は反応が遅れた。なんとなく非難された気がして、語尾がきつくなった。まだ手帳を探しているのか、央太はおかしそうに続ける。

『普通は僕に興味あるなら、今どんなことしてるのとか、内装ってどうするの、とか、オープン日っていつとか、場所はどこなのとか、いろいろ訊いてくるものなの。ま、兄さまにはできないか』

なぜ質問をしないというだけで、こんなことを言われなければならないのだ。真耶は苛立ったが、なにか言おうとするより早く、央太が『あ、あったあった』と、話を変えたので黙り込んでしまった。

『三日後は、僕がいなくても回る仕事だからいいよ。仕事用のアドレス教えるから、そっちにもろもろ、条件とか書いて送ってくれる？　口頭だと不安だし』

意外にもてきぱきとした調子で話す央太に、真耶は喉元まで出かかった、

「体の大きいハイクラスの生徒相手に、話せるのか？」

という言葉を、飲み込んでいた。

……昔は、できなかったくせに。

そんな意地の悪い言葉が、ふっと胸をよぎる。

少しでも大きい相手だと怖がり、いじめられると思って、いつだって僕の後ろに隠れていたくせに――。

瞼の裏に、小さかったころの央太の姿が思い出された。真耶兄さま、と涙眼で抱きついてきては、震えていた央太。

真耶はいつも無理やり立たせて、しゃんとしろ、背筋を伸ばせ、怖がるな。お前だってハイクラスなんだから一人でできると、叱咤し続けた。

その央太が、今本当に、一人で立っていることを実感する。自分が望んでいたことのはずなのに、真耶はなぜか、嬉しいと思えなかった。

電話の向こうで誰かが、央太の名前を呼ぶ声がした。央太はそれに返事をすると『じゃあ、お声がけありがとう』と言って、電話を切ろうとした。真耶は思わず、「あ、央太」と引き留めてしまった。

声に出してから、しまった……とも思ったが、ここで伝えなければいつ伝えるのだとも思い、続きを待っているらしい央太に「その、芹野先生が」と、つけ足す。

「……ケーキが美味しかったって。どれも全部」

『あ、そう？　それはよかった。お店にも来てくださいって伝えておいて』

意外にも央太は怒らず、嫌味(いやみ)を言うこともなかったので、真耶は気が緩んだ。

「芹野先生、ルノートルのファンみたいだ。そういえば店って、いつオープンなんだ？　場所はどこだっけ」

そう訊くと、電話口で央太は、苦笑した。

『芹野先生のためなら訊くの？　可愛がってるロウクラスだから？　ほんと、そういうとこあるよね。他人の気持ちに鈍いんだろうね。ああ、僕に対してだけかな？　べつにいいけど。真耶兄さまの生き方だし』

じゃあね、とだけ言って、央太は電話を切ってしまった。あとには通話の切れた音だけが、耳に響いて残る。真耶はしばらく、固まっていた。頭が上手く動かない。今言われた言葉の意味が、分からなかった。

震える指で電話を切り、それから、胸の中に広がってくる感情が怒りだと気付いた。

気がつくと、ドン、と足を踏み鳴らしていた。

（なんでそんなこと、お前に言われなきゃいけないいんだ！）

まるで真耶の生き方が、間違っているかのように。

一瞬頭に血が上る。

（……たしかに僕はお前にひどいことをしたかもしれないけど……だってお前は、僕のところには、結局……結局）

そのあとを考えたくないと、本能が訴えていた。真耶は舌打ちしてから、頭を振った。二度、三度、四度、五度と頭を振って、怒りを振り払い、考えないようにした。

考えたって、仕方ない。仕方ない、仕方ない、と自分に言い聞かせる。

大きく深呼吸をして、椅子に座り直す。そうして真耶は、メモをとった、央太の仕事用のアドレスに、ごく事務的に講演会の依頼の文章を書き始めた。

——はい！　今日の人生相談コーナーです。なになに、T市にお住まいのさくらんぼさんから。えー、『幼なじみの後輩が、しばらく会わないうちにやたらと生意気になって、腹が立つのですが、弱みを握られているので言い返せない』なるほど。

——弱みってなんでしょうねえ。朝のコーナーで言えることにしてくださいよ。

パーソナリティのハイテンションな掛け合いが鬱陶しくて、真耶は珍しくつけてみた車内のラジオを、すぐさま切った。

普段、ルーティンにないことをするからだ。朝から苛立つ内容を聞いた気がする。

今日もいつもどおりの時間に家を出た。いつもどおり出勤途中の渋滞に遭い、動かない前の車を睨んでいるところだ。そして、はあ……とため息をついて、真耶はらしくもなく、ハンドルに顔を伏せていた。

今日は央太の講演がある。電話のあと、改めて出した依頼メールには、きちんとした返事が来て、真耶は教員たちにそれを知らせた。校長はじめ、芹野も喜んでいたし、どうやらテレビのおかげで認知度が高い央太は、生徒たちにも歓迎されている。

真耶だけが、この二日、ずっと憂うつだった。

央太からは依頼メールへの返信の他に、携帯電話にもメールがあった。

朝と晩に一回ずつ、『まだ仕事？』とか『今日なにしてるの』とかいう、他愛のない内容だったが、真耶は意図が読めずに戸惑い、簡潔に『仕事』とか『特に。仕事だ』というような、無愛想な返事しかしていない。

一体央太が真耶にメールをよこすのは、昔のように懐いているからなのか、それとも恨んでいるからなのかよく分からず、邪推してはいちいち疲れるのだった。

だが今日は、央太は学園のお客様で、真耶は副理事。もてなす立場なのだから、きちんとしよう。そう思い直して、真耶は職場に着くと、何度も深呼吸し、心を落ち着けた。

学内には講演会のポスターが貼り出されている。教員たちの頑張りで、昨日のうちに来られなくなった空間作家のものははずされ、かわりに新しく央太のポスターが貼られた。

ポスターにはパティシエ姿の写真が使われていた。なにかの雑誌に掲載された写真を使わせてもらったらしい。央太がケーキのデコレーションをしている場面だった。赤い瞳は真剣に眼の前の菓子を見つめ、すっきりとした顎のラインは男っぽく、仕事に打ち込む横顔には、写真でも分かるほどの色気がある。

――俺、この人のファンなんだよね。ツマベニチョウ出身者のセックスってすごいらしいよ。知ってた……？

ませた生徒たちが、ポスターを前にうっとりと話しているのが、昨日から真耶の耳にも何度か聞こえていた。真耶はぎょっとしたが、そもそもハイクラスは性に奔放なタイプが多いので、高等部ともなるとみなそれなりに遊んでいるのが普通だ。

それに、ハイクラスの中でも、中位種が起源種の男子は、上位種の同性に抱かれることに憧れる傾向にある。若い男性教師の中でも、大型チョウ種出身者は生徒の人気が高い。

講演当日の今朝も、廊下を歩いていると、生徒たちがポスターの前に集まって話しているのを聞いた。

「ツマベニチョウって毒があるじゃない？　セックスのときにあそこに入れられたら、トロトロになっちゃって、一発でいかされちゃうんだって。そんなことされたくない？」

「された〜い。顔はいいしセックスも上手そうだし、そのうえ、白木央太ってあのシラキグループの跡取りだよね。誘ったら一回くらい抱いてくれるかな」

話の下品さに気分が悪くなったが、真耶は生徒たちの噂は聞こえなかったふりをした。妄想するのは個人の自由だ。

講演は三時から一時間だった。二時半には、央太が副理事室に来て、原稿を見せてもらうことになっていた。

はたして定刻十分前、央太は「失礼します」と行儀のいい態度で、真耶の部屋を訪れた。扉を開けて迎え入れた真耶は、一瞬だけ、本当にこれは央太だろうか……と、思った。

背筋を伸ばしてすっと立っている央太は、珍しくオフスタイルではなく、フィッシュラペルの襟に、遊び心のあるチェック柄のスーツを着ていた。甘いマスクと大人びた雰囲気に、ツマベニチョウ出身者特有の、甘ったるいフェロモンが加味されて、いつも以上に男っぽい色気に溢れている。

（……これは、いくら央太でも、一度注意しておかないと放置しておくとまずい。咄嗟にそう思った。

「この前は夜来たから思わなかったけど、昼に来ると、やっぱり学園って懐かしいね」

真耶は応接ソファに央太を座らせ、向かいに自分も腰を下ろした。原稿を受け取る前に「央太」と、やや強めの声を出す。

「お前も知ってるだろうが、いくら高校生でもここの生徒は性的に熟してる。……お前は、その、起源種が珍しいから誘ってくる男子生徒がいるかもしれない」

そこまで言ってから、真耶はハタ、と次の言葉に迷って口を閉ざした。この場合、「誘いに乗るなよ」と言うのが正しいのか、「怖くないか？」と言うのが正しいのか。

（……そういえば、『この央太』は、経験済みなんだろうか……？）

不意にその疑問に行きあたる。真耶は顔をあげて、じっと央太を見つめた。央太は不思議そうに、真耶を見返している。

真耶はセックスどころか、キスすらしたことがない。だが、央太はどうなのだろう？変異前の可愛かった央太は、自分と同じで未経験だったはず。だが、突然変異した央太は経験豊富で、誘われることにも慣れているのでは？

そのことに思いあたり固まっていると、央太は急に小さく笑った。

「大丈夫だよ。僕もここの卒業生だから、どんな生徒がいるかはなんとなく分かる」

未成年相手に間違いは起こさないよ、と言われて、真耶はようやく我に返った。

「そう、か。それならいいんだ」

そうだった。央太は基本的に常識人だった。それにしても学生時代、央太が誰かにモテているところなど見たことがなかったので、真耶はその事実に違和感を覚える。

（いつも……誰からも、相手にされてないのが央太だったのに……）

小さな央太の姿が、脳裏をかすめていく。ロウクラスのようなハイクラス。央太をまともに扱う人間は、真耶の周りでは翼くらいで、他の人には大抵無視されていた。あのころの央太は、誰の眼にも見えていない、透明な星のようだった……。

「原稿なんだけど、話すことを箇条書きにしてるだけなんだ。それでもいいかな」

と、言いながら、央太は真耶にノートを差し出した。そこには話の要点だけが、四つほどに絞って書かれていた。テーマは学生にあわせて、進路の決め方、仕事の選び方、続け方などである。

「……内容はいいが、これだけで話せるのか？」

思わず訊ねると、央太は「講演会は初めてじゃないから、いくつかパターンを作ってる。

一時間だよね？　時間内でできる話し方があるから」と、さらりと言った。

　真耶は「なるほど……」と頷いたものの、内心では不安になった。真耶も時々、教育関係の講演に呼ばれるが、いつもきっちりと原稿を書き込み、読み上げて時間を計り、綿密に準備をしていくほうだ。本当に央太にできるのだろうか……。

　すると央太は悪戯っぽく笑った。

「疑ってる？　まあたぶん、昔の僕ならきちんと原稿を書いたと思うけどね。兄さまはそっち派でしょ？　でもそういうの、今の僕には向いてないみたいなんだよね」

　からかうような口調と、真耶のことなどなんでも知っているかのような言い方に苛立つ。しかし、そもそも無理やりスケジュールを空けてもらっているので、口出しはできない。

　教員たちに紹介するからと央太を促して、一緒に席を立つ。そのとき央太が「書類が落ちてるけど」と、床を指さした。おそらく換気をしたときに風に飛ばされたのだろう。

「ああ、いいよ。拾っておくから――」

　真耶は言ったが、それより先に央太が動き、書類を拾い上げた。何気なく書面を見た央太の形のいい眉がほんのわずかに歪む。真耶はぎくりとした。央太が手にしていたのは、先日真耶に届いた「意見書」だった。

「悪い。助かった」

　書類を央太の手から奪いとり、真耶は急いでトレイに入れた。

見られただろうか？　そう思うと、胸がざわめいた。自分の至らない、情けないところを知られたと思った。完璧ではない、自分の欠けた一面がこぼれたようで――恥ずかしかった。手が無意識に、胸ポケットを触る。万年筆の冷たい感触が、指先に感じられて真耶は息をついた。央太はしばらく無言だったが、やがて囁くように言った。

「まだそういうこと、言う人たちがいるんだね……」

思わず振り向いたとき、央太の赤い瞳には静かな怒りが灯っているようだった。けれどそれはすぐに消え、央太は穏やかに微笑むと、「行こっか」と、首を傾げた。


講演は時間どおりに始まった。

教師たちもだが、生徒も、央太が講堂の舞台に登壇すると、拍手喝采を送った。央太は笑顔で、まずは自己紹介から始めた。

マイクを手に取り、音を確認する。そのときに央太は一度入れておいたスイッチを切り、音をオフにした。

「えー……あ、間違えた。入れたスイッチを切っちゃいましたね」

再びマイクをオンにして央太が話すと、会場がくすくすと笑いに包まれ、和やかな空気になった。大柄で、フェロモンの匂いも強い央太がやる失敗だからこそ、愛嬌に見える。

央太は手元のメモをほとんど見ずに、簡単なプロフィールから、学園時代の思い出、パティシエとしての修業時代や、仕事についての考えなどを話し始めた。

ときにはユーモラスに、ときには真摯に。その話しぶりはよどみがない。

「僕が働いていた工房は世界的にも有名な、ルノートルのパティスリーで、彼はショコラティエでもあるんです。有名なのはショコラですね。でもなぜか、ルノートルは毎朝五時に、サブレを焼くんですね。それも売り物ではなく、自分のために」

誰もが知る有名人の不思議な癖や、

「パリは乾燥した気候なので、髪をあまり洗わない人が多い」

という変わった話などで生徒の気をひきつつ、巧みに話題を変えていく。央太が冗談を言うと時折わずかな私語は漏れたが、おおむね生徒たちは引き込まれて聞いていた。

「……みなさんの多くは社会のリーダーとなる人間です。昔の偉い方も言っていましたが——心の師とはなっても、心を師にしてはならない。まずは、己の心の先導者たらんと、志高く、意志を持って、自分の役割を考えてみてほしいと思います」

最後には真面目なトーンで伝え、央太が頭を下げると、会場からは拍手が湧き起こった。

たしかにいい講演だった。そつがなく、楽しく、真面目なところもあり——なにより、時間ぴったりだった。

央太の能力の高さは確かだというしかなく、真耶は正直驚いていた。

「いやあ、素晴らしい。さすが、シロチョウ科最大種。万事つつがなく、でしたね」

隣に座っていた教頭が言うのを聞いて、真耶はぎこちない笑みを浮かべてしまった。つつがなく講演が運んだのは、央太がシロチョウ科最大種だから、という考えはいやだった。教頭は公平な人柄で、真耶が進めるロウクラスの入学を奨励する働きにも理解がある。それでも最後の最後には、ハイクラス優位の偏見に疑問を持たないのかと思うと、頭の隅に件の「意見書」がちらつき、あんなものがくるのも仕方がないか……と思う。

「大変素晴らしいお話でしたね。では質疑応答に入りたいと思います」

司会をしている教師が言うと、すぐに数名の手があがった。ハイクラスの生徒ばかりだ。ロウクラスの生徒も、一人手をあげようとしたが、隣に座っていたハイクラスの生徒が、

「はいっ！」

と、勢いよく挙手すると、怯えたように手を下げ、下を向いてしまった。気に入らない同級生にダメージを与えられたことを喜ぶように、当のハイクラスの生徒は、ニヤニヤと笑っている。真耶は眉根を寄せた。しかし、明らかに妨害したわけでもないのだから、ここで注意することはできない。教員たちも、素知らぬ顔だ。

「じゃあ、きみ」

央太はロウクラスの手を下ろさせた、その男子を指名した。彼は立ち上がると、真耶より少し背が高かった。大型種のムシが起源なことは、すぐに分かる。

「お話大変面白かったです。ところで、職人系のお仕事だと、ロウクラス出身の人も多いですよね。学歴いりませんし。白木さんはそういう人たちと混ざって、苦痛じゃなかったですか？　やっぱり手に職系の仕事でも、ハイクラスが有利です？」

生徒はニヤニヤし、隣のロウクラスの生徒をチラチラと見ながら、そんなことを訊いた。

真耶は怒りが湧いた。生徒の言葉は質問ではなく、悪意を含んだ揶揄だ。央太からの回答次第では、構造的ないじめの空間ができあがってしまう――いや、既にできあがりつつあるのを感じて、心がざわめく。

央太はしばらく黙っていたが、やがて「なるほど」と、穏やかな声で頷いた。

「そうだね。たしかに、職人の世界ではロウクラス、ハイクラス関係なくいろんな人がいます。きみが言うとおり、僕も高卒でフランスに渡ってるしね」

「でもそのあと、短期間でトップに昇り詰められたのって、結局は起源種が――ツマベニチョウだからですよね？」

シロチョウ科最大種。

日本にはあまりいない、チョウの上位種。その姿は華やかで美しく、はばたきは力強い。翅には猛毒があり、ときに人さえも殺せる強力な毒性のため、ツマベニチョウ出身者は日本のチョウの上位種の中でも、かなり特別な位置にいる。

「……じゃあパリの工房の、よくある光景について話そうか。そうだなあ……」

央太は会場をぐるりと見渡すと、突然「みんな、眼を閉じてくれるかな？」と言った。

戸惑う教員たちのほうにも笑いかけ、

「よかったら、先生たちもご一緒に」

教員たちは最初こそ眼を見合わせていたが、央太に「どうぞ。さあ」と促され、眼を閉じた。真耶も瞼を下ろす。

「工房の朝一番のりは、まだ卵も割らせてもらえない下っ端です。鍵を開けて中に入り、冬になると氷のような水道水をバケツに溜めて、店中の床を拭く……まずは厨房。それから店内。指がかじかんで痛むのを我慢しながら、石畳になっているせいで、溝の汚れをとるのが大変な床を拭いて拭いて……すると先輩がくる。優しい先輩ならラッキー、今日はついてる。怖い先輩なら？　アンラッキー。雑巾を頭に投げつけられ、こっちも拭いとけ、と怒鳴られる」

静かに語る央太の言葉で、真耶は瞼の裏に見たこともない、パリのパティスリーを思い浮かべた。朝靄の中で、体を凍えさせながら、床を拭いているのは誰だろう……？

「五時になればシェフがやってくる。それまでに棚を拭き、先輩が作ったケーキや焼き菓子をできあがる端からショーケースへ。時には卵を割ったり、粉をふるったり。でも一日のほとんどは接客か、優しい先輩に合間の指導をお願いしてする、メレンゲ作りで終わります。上手にメレンゲが作れないと、うちのシェフはなにもやらせてくれない人だったからね。――で、それが一年どころか二年も続く。すると考えますよね、やっぱり自分には才能がないみたいだ。やめてしまおうか。今日も先輩に、下手くそとなじられたばかりだし……」

小さな央太。

と、真耶は思った。この話の中で、先輩になじられ、メレンゲ作りばかりしているのは、あの小さかったころの央太のように、真耶には思えた。

でも、と央太は静かな、穏やかな声で続けた。

「やめなかったから、彼はその後、シェフ・パティシエになり、世界的な賞を受賞しました――さあ、眼を開けて。途中まで、誰を想像してた?」

真耶は眼を開いた。真耶には十年前の、小さかった央太が見えたが――他の者にはどうだったのだろう? 教員や生徒たちは、なぜか困ったような顔をしていた。央太はふふ、と柔らかく笑った。

「これは僕の話です。……ハイクラスは床を拭いたり、雑巾を頭に投げつけられたりしないと思う?」

央太の問いかけに、会場からはため息のようなものが漏れた。教員たちの何人かも、恥ずかしそうな顔で眼を見合わせる。

「なにか……一つのことを極めていこうとするとき、神さまは階級では選ばない。上る努力をした者だけが、神さまの爪先に、ほんのいっとき引っかけてもらえる。……僕にメレンゲ作りを教えてくれた優しい先輩は、ロウクラスで、僕は彼を尊敬してましたよ」

眼を細めて、央太はこれでいいかな、と、立っていた男子生徒に言った。生徒は不服そうに椅子に座ったが、さっきまでうつむいていたロウクラスの生徒は、顔をあげていた。

真耶の心の中の、怒りのようなものが静かにおさまっていく。隣で教頭が、恥ずかしそうに笑った。

「つい、ロウクラスの子を思い浮かべました。私にも差別的なところがありますね……」

てらいのない言葉に、真耶はドキリとした。そして、大切なのは階級ではないという話を、央太は遠回しにしてくれたのだと気がついた。それは生徒だけではなく、教員にも向けられたメッセージだと。

（あの『意見書』を見たから……だから、こんな話を？）

ふと壇上から視線を感じて、真耶は顔をあげた。央太がスピーチ台の前に立ったまま、真耶を見ていた。眼が合うと小さく微笑み、央太はまた生徒たちへ視線を戻す。

胸の奥でここ数日凝り固まっていたなにか——たぶん疲れや小さな怒りが解れて、真耶は肩から力が抜ける気がした。自分は間違っていない。今のまま働いていけばいい。そんなふうに、思い直すことができた。それも自分の力ではなく、誰かの言葉で。こんな経験は、真耶にはあまりないことだった。

司会者が「大変有意義なお話でしたね」と場をつなぎ、次の質問を募ると、さっき萎縮して手を下ろしてしまったロウクラスの生徒が、今度は元気に挙手をした。央太はそれを見て、嬉しそうに眼を細めている。壇上にいる央太は、真耶には輝いて見えた。

そのとき不意に、自分と央太を繋いでいたものが、いつの間にか切れていたことを——真耶は知ってしまった。

央太はとっくの昔に、真耶の知らない場所で、真耶の知らない人間になっていたのだ。真耶から遠く離れ、真耶とは違う人生を歩んでいる。

(……お前、やっぱり星になってたんだ)

なんだ、思ったとおりじゃないか、と、真耶は心の中で呟いた。

ちゃんと自分の力で輝く、星の一つ。

見上げれば誰からでも見つけてもらえる、明るい星に——央太はなれたのだなあと、真耶は思った。

講演会のあとは授業はなく、職員用の食堂で央太を囲む簡単な懇親会がもたれた。食堂とはいえ、金持ちの集まる学校だ。豪勢なオードブルが提供されて、場は集った教員たちでわきあいあいと賑わっていた。

真耶は最初こそ、央太の直接の紹介者という立場で盛り上がる輪の中心にいたが、徐々にはずれ、最終的には一人壁際で、笑い声をあげる人々を眺めていた。

「デザートどうぞ」

声をかけてくれたのは、芹野だった。両手に皿を持っている。見ると、それはこんがり焼き上がったシトラスケーキだった。

「もしかして……央太のかな」

そのとき、声の大きな教師が、「白木さんから差し入れですよ〜、ルノートルのシェフ・パティシエのケーキです！」と大袈裟に声をあげた。

央太が困ったような笑顔で「簡単なものですいません」と頭を下げると、銀のトレイに並んだケーキは、飛ぶように売れていった。隣で芹野が、早めにとっておいてよかったあ、と無邪気に笑う。真耶も誘われて笑っていた。

央太のシトラスケーキは、中の生地がさくさくとしていて、クッキーのようだが、表面はしっとりし、その上にぱりぱりに固まったレモンカードが薄くのっている。

食べるとその甘酸っぱい味が、口の中でじゅわっと溶けて広がり、癖になる味だった。

「……今日の講演会、最後、ちょっと感動しました」

そのときぽつりと、芹野が言った。真耶は食べる手をとめて、芹野を見下ろす。

「ここで働いててもいいんだって、肯定された気がして」

僕も眼を閉じたとき、ロウクラスの話だって、思っちゃったんですよね、と、芹野はやや自嘲気味に笑った。真耶は胸がきゅっと痛んだ。芹野がこの学園で、いてもいいのか悩みながら働いていたのかと思うと、やはり悲しい。

けれど芹野はすぐ笑顔になり、ハキハキと明るい声で話す。

「白木さんて、素敵な方ですね。やっぱり、真耶先生のお友達だからかな」

「……いえ、もともと央太は、階級主義者じゃなかったので……」

実は昔は、ロウクラスくらい小さな種だったとも言えず、かといって翼の話をするのも長くなる。適当に言葉を濁すと、芹野が「でも、あのメモ」と、話を接いだ。

「僕が食べちゃったケーキの箱に入ってた……白木さんから真耶先生にあてたメモ。すごい愛情、感じちゃいました。優しいなって……」

いいなあって、思いました、と、芹野は付け加えた。

大きな瞳を揺らし、芹野は食べかけのケーキの皿に視線を落としている。真耶は緊張し、額に冷たいものがにじむのを感じた。芹野の言葉は意味深だ。

……芹野先生、なにか、悩んでますか。

率直にそう訊ねようか。しかし、もしも応えられないことを言われたら？

数秒躊躇したそのとき、賑やかな座のほうから、誰かが芹野を呼ぶ声がした。芹野は我に返ったようにそちらを振り返り、頭を下げて呼ばれたほうへ行ってしまった。

ハイクラスの輪に入ってしまうと、小柄な彼は見えなくなる。

と、すぐ隣に人の立つ気配があった。

「また壁の花になっちゃってる。真耶兄さまは放っておくとすぐこれだね」

横に来ていたのは央太だった。真耶にコーヒーを差し出しながら、「美味しかった？ケーキ」と、訊いてきた。

「ああ。美味しかったよ」

いつの間にか空になった皿を脇のテーブルに置き、差し出されたコーヒーを受け取る。美味しいと聞くと、央太は破顔し、嬉しそうに「よかった」と言った。眩しい笑顔だ。無邪気にさえ見えるその顔に、小さかった央太の笑顔が一瞬だけ、重なるような気がした。

「……今日はありがとう」

「ううん。無難な話で悪いなと思ったけど、一時間だったしね」

「――いや、最後のあれは、無難じゃないだろ？」

ハイクラスとロウクラスの話だ。ツマベニチョウ出身者でも、床を磨き、雑巾を頭に投げつけられる……そういう話。そうでなければ、パティシエにはなれなかったという話。

真耶は「助かったよ」と、呟くようにつけ加えた。

央太は数秒黙っていたが、やがて「なら、よかった」とだけ言った。眼にしたはずの「意見書」について触れてこないことに、真耶はホッとした。話したくないのは、万事つつがなくこなしきれていない自分を知られたくない見栄もあったが、愚痴を言いたくないという気持ちがあるからだった。央太に、弱いところや欠けたところを知られたくない。

「そうだ。謝礼を渡さなきゃな。終わったら副理事室へ来てくれ」

「いいよ、そんなの」

央太は苦笑した。そのとき輪の中心から、白木さん、と声がかかった。真耶は央太も芹野のように戻るものと思っていた。けれど央太は笑顔で手を振るだけで、真耶の隣に立ったまま動かなかった。

「……ここの先生たち、僕がもとはツマベニチョウ出身じゃないって、知らないんだね。調べたら分かるのに。卒業生なんだから」

不意に央太が言い、真耶は一瞬、息を止めた。静かな口調だが、央太の赤い眼にはなにか言葉にならない、複雑な感情が見える。

「言ったほうがよかったか?」

そっと確認すると、央太は笑い、「ううん。いいの、いいの」と軽く流した。

「それよりさ。謝礼はいいから、真耶兄さまからのお礼はないの? 個人的な」

悪戯っぽい口調で、央太は少し体を傾け、真耶の眼を覗き込んだ。

「メールしても素っ気ないし。いつデートしてくれるの?」

――お前と僕が出かけることが、なぜデートになるんだ。

と、真耶は思ったが、言えなかった。央太が真耶と過ごすことを、デートと呼ぶ理由を、知りたくない。微かに動揺して、真耶は目線を床に落とした。

——どうして僕と？　お前に僕は、もう必要ないだろう……？

こぼれるように心に響いた自分の言葉に、真耶は驚いた。ごまかすように、つい「出かけるくらいなら、いつでもいい」と、口を滑らせていた。央太はその真耶の言葉を聞き逃さなかった。前のめりになって、真耶の顔を覗き込む。

「じゃあ、今からは？　僕の家、来てよ」

物語の中の王子さまなら、こんな顔をするのだろうな、というような甘ったるい笑みを浮かべ、花のような香りをさせて、央太は可愛く、子犬みたいに首を傾げた。

五

（……どうして、ついてきてしまったんだろう）

真耶（まや）は先導する央太（おうた）の車について運転しながら、ため息を漏らした。なぜ央太の誘いを、断らなかったのか。しかし一方で、どうして断るのだ、とも思う。

央太は今日、真耶の頼みを聞いてくれたのだし、もともと親しくしていた先輩後輩なのだから——家に来てよと言われれば、よほどのことがない限り了承するものだ。

とりあえず、普通にしていよう。そう考えているうちに、車は十階建ての、まだ新しいマンションに着いていた。

十月も半ばを過ぎ、街路樹は紅葉しはじめている。暗い夜空の下でも、街の灯りでそれが分かった。車内の時計は夜七時を指していた。いつもなら、まだ仕事をしている時間だが、今日は他の職員も酒を飲んだりで早々に帰っていった。明日明後日は休みだ。

ゲスト用のスペースに車を停（と）めた真耶は、促されるままエレベーターで七階にあがり、央太の案内する部屋へと通された。ファミリー向け物件の、広々としたリビングに、設備の充実したキッチン。必要最小限のシンプルな家具と、大きめの観葉植物が置かれた、すっきりとしたインテリア。部屋は三つあるようで、一部屋一部屋が広い。

「……待て。ここ、どこだ？」

リビングのソファに座らされ、香りのいいハーブティを出されてからようやく、真耶はそう訊いていた。

「真耶兄さまってば、入ってからそれ言う？　相変わらず自分のことになるとうっかりしてるっていうか……。危機感ないよね」

央太は呆れたようにため息をついた。自分が誰かに襲われる心配なんて、したことないからだろうけどさ、と小言までつけ足される。真耶はそれのなにが悪いのだと、解せない気持ちになった。真耶はハイクラスの上位種なので、万が一襲われたとしても、自分で回避できる。うっかりではなく、余計な心配をしないというだけだ。

「ここは僕の部屋。日本にいる間の仮住まいだよ」

しかし央太の言葉で、怒りよりも疑問が大きくなり、真耶は首を傾げた。

「仮住まいって……お前は実家もこの近くだろう。なんでわざわざ部屋を借りてるんだ？」

央太の家は星北学園にもほど近い、都心にあった。真耶は昔、何度か招待されていたので覚えていた。ツマベニチョウが起源種の父親は優しいが、忙しくて家にあまりおらず、その反動で、マザコンかというくらい母親にべったりだった央太を真耶は知っている。央太は「まあいろいろあって」と、肩を竦めて笑った。

「僕がスジボソヤマキチョウだったときは、父さんも好きにしろって感じだったんだけど……ツマベニチョウに変異しちゃったから。家業を継げって結構うるさくって……」

外食チェーンを主幹に、食品分野で成功している白木グループは、日本でも有数の企業で、父親はその三代目だと、一人っ子の央太から聞いたことがあった。

――僕が小さく生まれちゃったから、パパは僕には、期待してないんだよね……。

将来は好きにしなさいと言われて、央太はパティシエの道を選んだはずだ。

「親御さんと上手く……いってないのか？」

昔の癖でどうしても心配になり、慎重に訊ねる。すると央太は真耶の向かいに座り、小さく笑った。

「そのくらいは、気にしてくれるんだ？」

真面目に話しているのに、はぐらかされた気分になり、真耶はムッと央太を睨んだ。けれど央太はすぐに話題を戻し、「大丈夫だよ」と答えた。

「そんなに深刻でもないよ。たださ……話し合ってると、スジボソヤマキチョウの僕はいらなかったのに、ツマベニチョウの僕はいるんだなあって思わされるから。いちいち落ち込むのも面倒で。それで、家はべつにしたの」

それだけだよ、と央太は笑ったが、真耶には「それだけ」のことには思えなかった。

──スジボソヤマキチョウの僕はいらなかったのに、ツマベニチョウの僕はいるんだなあって……。

央太の言葉に含まれた、その意味が胸に重たくのしかかる。真耶の脳裏には、幼かった央太の横顔が、自ずと浮かんできた。

──望まれたように生まれなかったから、パパとママは、僕がいらないんだ……。

そう言って、涙をこぼしていた央太。あのとき、真耶はなんと答えただろう？

「お腹空（す）かない？　なんか作るね」

考え込む真耶とは違い、央太は明るく言って立ち上がると、キッチンへ行ってしまった。部屋の中には央太の香りと、ハーブティの芳香が漂っている。央太はエプロンをさっと纏（まと）い、鼻歌を歌いながら料理しはじめた。

（……分からない）

ちっとも、全然、央太の考えていることが分からないと、真耶は思った。

真耶の知っている、小さかった央太はもういない。今の央太は大人で落ち着いていて器用で、親切で……あれほど甘えていた親とすら距離を置き、そして真耶には時折、意地悪なのか冗談なのか、辛辣なことを言ってきたりする。

（昔の央太なら、小さい自分はいらなかったのかと、落ちこんだだろうけど……）

今の央太には、どうでもいいことなのかもしれない。それすら、真耶には分からなかった。

しばらくすると、キッチンからは香ばしいガーリックの香りがしてきた。匂いに誘われて立ち上がると、央太がもうできるよ、とフライパンを器用に回していた。

「……パティシエって料理もできるのか？」

央太が手早くセッティングしたテーブルを見て、真耶はつい感嘆した。

そこには魚介のマリネ、彩りの美しいグリル野菜に、マッシュルームとトマト、オクラのスープが添えられ、焼きたてのパンに、シンプルながら食欲をそそる香りのアーリオ・オーリオのパスタと、黒オリーブと生ハム、チーズが、薄い木板の上にローズマリーと一緒に飾り付けられて美しく並んでいた。

パスタの上に載った、赤い紐のような飾りはなんだろう？　席に着きながら、不思議に思って顔を近づけて見ると、「ラディッシュの皮を薄く長く剥いてね、それを載せただけ」と教えられる。載せただけ、と言うが、真耶にはラディッシュの皮を剥くことすらできない。

「本当に……プロなんだな」

三十分足らずで豪華な食卓をサーブされて、真耶は思わず独り言のように呟いた。感動するのと同時に、前の央太とは違う、今の央太の完璧さを思い知る。

「マリネは作りおきのドレッシングをかけただけだし、グリルはオーブンで焼いただけ。

どれも簡単なものばかりだよ。でもどうぞ、食べてみて」

　央太が真耶のグラスに金色のワインを注いだので、真耶は慌てた。

「車だから飲めない」

「一杯だけだよ。ほとんど度数ないんだ。フランスからわざわざ送ったものだから飲んでみてほしいな」

　普段ならそれでも固辞したろうと思う。

　けれど央太の嬉しそうな様子と、食卓からの良い匂いにつられ、真耶は二時間もすれば酔いなど覚めるか……と、思った。央太がすすめるだけあって、ワインは口に含むと確かに香りがよく、舌先にほどよくぴりりと辛みが残る。深いところにこくがあって、もっと飲みたいと思わされ、すぐにグラスを空にしてしまった。

　酒と合わせてマリネやグリル野菜を口にすると、それらも異様に美味しい。かかっているソースが、どれも絶妙なのだ。甘酸っぱかったり、濃厚だったりとそれぞれ味が違っているのに、品があって飽きず、口の中で食材が溶けていくように感じる。パスタも食べれば食べるほど食欲が増し、いつの間にかきれいにたいらげていた。

「普段こんなに食べないよ。どれも味わい深いのに……気取ってなくて、食べやすい」

　お世辞ではなく、本当に美味しかった。もしこれがどこかの店なら、次も来ようと思える味だ。央太は嬉しそうに真耶の食べる姿を見ていたが、

「一番食べてほしいのはこれ。よかったら感想きかせて」

と言って、デザートを出してきた。

それはイチジクと、ベリーのケーキだった。表面にたっぷりかかった蜜が、照明に映えて宝石のように輝いている。皿にはソースとクリームが飾られ、見た目も楽しい。フォークで割るとしっとりとしていて、口に入れると、イチジクのプチプチとした食感があり、ベリーの甘酸っぱさ、バターケーキの程よい甘さが舌の上に広がった。お腹いっぱい食事したあとでも食べられる、上品な味だ。

「すごく美味しいよ」

それは素直な感想だった。本当に美味しいものには、美味しいとしか言えなくなる。とたんに、央太はパッと顔を輝かせた。

「本当？　昨日フルーツの仕入れ相談に行ったら、イチジクが出ててさ。すごくシンプルだから、どうかと思ったけど、口にあってよかった。イチジクは食感が面白いから、いろんなものに使いたくなるんだ。ショコラでも楽しいんだよ。保存が効かないけど……」

身を乗り出して、楽しそうに話している央太を見ていると、本当に菓子が好きなのだなあ……と思った。

——十年前の央太も、こうだったっけ。

真耶はふと、懐かしい気持ちになった。

昔から央太は、よく菓子を作っては、真耶に味見してと持ってきた。美味しいよと言うと、このレシピはああだとかこうだとか、夢中で話していた。

「そういえば、これ渡しておくよ」

真耶は忘れないうちにと、鞄の中から講演の謝礼金を包んだ封筒を差し出し、テーブルに置いた。央太は「いいよ」と遠慮したが、もともと予算に入っているものだ。

「いい話してもらったし。……本当は僕に届いてた意見書を見たから、あんな話、してくれたんだろう？　――ハイクラスでも、苦労したって話」

飲んだワインが心地よく体に回っているせいか、央太の、昔と変わらない一面を見て気が緩んだせいか、真耶は素直に「ありがとう」と言えた。言えたことに、なぜか安心する。けれど央太は小さく苦笑し、真耶と自分のグラスに、酒を注ぎ足した。

「そうだけど。でもあれ、嘘の話だからさ。お礼を言われるの、悪いなって気持ち」

言われた言葉が、すぐには飲み込めなかった。真耶は眼を丸くして央太を見つめる。だが、央太にふざけた様子はない。

「……嘘って」

「話した内容は本当だよ？」

戸惑って訊き返すと、央太は肩を竦めて付け加える。

「だけど、あれを経験してたのは、スジボソヤマキチョウの白木央太だから」

ぽつりと告げられて、真耶の胸がドキリとする。

突然変異したのが、工房に入ってから二年目で、と央太は言う。

「ツマベニチョウに起源種が変わったとき、一ヶ月くらいは、仕事休んでたんだよね。毎日ものすごいスピードで体が変わるでしょ。骨がミシミシいって、高熱が続いてさ。外国で知り合いもいないし、心細くて……」

困ったよ、と央太が軽く語る言葉に、真耶は喉がぐっと締めつけられているような、息苦しさを感じた。小さかったころの央太が、ベッドの中で一人、泣いている姿を想像した。体が変わっていくことは、どれほど怖かっただろうか。

「やっと熱が下がって、店に出たときには体が大きくなってた。工房の中じゃ、ただでさえ使えない人間って思われてたのに、今度は気味悪がられて……そのうえ、手足の大きさが全然違うから、前までできてたことも、勝手が違ってできなくなってて——なのに、一ヶ月もすると体が馴染(なじ)んで。ある日突然、完璧なメレンゲができた」

静かな声だった。央太はそれを自慢するでもなく、喜ぶでもなく、淡々と話した。

「師匠のルノートルが——僕のメレンゲを味見して、オウタ、きみは明日から製菓に参加だ、掃除の分担を減らそう……って言ってね。それからしばらくして、僕が考えて作ったケーキが、飛ぶように売れ始めた。たった一年で店のどの先輩よりも早く——支店のシェフになった。……メレンゲの作り方を教えてくれた、優しい先輩さえも抜かしてね」

グラスを片手に揺らしながら、だから分からない、と央太は呟いた。その赤い瞳には、グラスの中の、金の液体がちらちらと映って光り、伏せた睫毛の影が、形のいい頬に落ちている。

「本当は、起源種が変わらなかったら……スジボソヤマキチョウの、小さな僕のままだったら、今も、工房の床を拭いてたかもしれない。頭に雑巾を投げつけられて、やめちまえと罵られてたかもしれないんだ」

――だから、あの話は嘘。

と、央太は話をまとめた。真耶はこくりと息を呑んだ。腹の奥に、なにか得体の知れない緊張がある。沈黙が広がり、なにか言わねばと、妙に焦った。

「……そんなこと、ないんじゃないか。さすがにあれから八年、頑張ってたら、前のままの央太でも――」

そう切りだした真耶は、けれど、それ以上言葉が続かなかった。央太は頬杖をついて、じっと真耶を見ている。赤い瞳には冷たいものが光っていて、真耶は自分が嘘をついていると思った。これは……これは、「正しくない」答えだ。そう思った。

変異した央太と再会したとき、真耶は央太だと分からなかった。

菊江に央太の現状を訊かれても、真耶は央太のことだから、まだ下っ端だろうと答えていた。ずっと、下働きのままの央太しか、想像していなかった。

　央太はおかしそうに、息だけで微笑った。

「悪いんだ。嘘つこうとして」

「……央太」

　言い訳したい気持ちが湧く。後ろめたさに冷たい汗がにじむ。

「あーあ、僕ってかわいそう。真耶兄さまに認めてほしくて頑張ったのに。……だけどやっぱり真耶兄さまも、小さかった僕には、パティシエは無理だと思ってたんだよね」

「……央太、僕は、ただ」

　不意に央太の顔から、笑みが消えた。

「なに？　聞くよ。言い訳。でも、なにを言われても全然、響かないけど」

　赤い瞳が、強く真耶の眼を射貫く。真耶は心臓が、どくんと大きく跳ねるのを感じた。頬杖を解き、央太は身を乗り出してくる。

「言い訳より先に言うことあるんじゃない？　返事はいつくれるの？　それとも忘れた？　忘れてるふり？　どっちかな。僕はそれを聞くために、帰ってきたんだよ」

　真耶は困惑し、言葉もなく央太を見つめていた。央太はさらに身を乗り出して、知りたいんだよ、と言った。

「八年前、言ったよね？　真耶兄さまが好きだって。ずっと好きだったって告白したよね。返事がほしい。会いに来てって」

真耶兄さまが好き。その言葉に、息が止まる。パティシエになれたら、もう一度返事するって。ね
「真耶兄さま、あのとき答えたよね。パティシエになれたら、もう一度返事するって。ね
え、どうしてあんなこと言ったの？」
央太はテーブルに置いていた真耶の右手をぐっと摑んできた。真耶は驚き、手を払おう
とした。けれど央太の手は、真耶の手を握ったまま動かない。央太の力は想像以上に強か
った。胃が、きりりと絞られたように痛くなった。
「好きだよ、兄さま。誰より一番好き。あのときもそう言った。……どうしてちゃんとフ
ってくれなかったの？　だから僕はずっと——ずっとどこかで期待が捨てきれずに、兄さ
まを忘れられなかった。当の兄さまは、僕のことなんて見てない。パティシエになったこ
とさえ気付いてない。分かってたのに……取材を受けたら見てくれるかな。テレビに出た
ら返事くれるかな。……世界一の——賞をとったら、今度こそ……今度こそ思い出しても
らえるかも……そう思って、頑張りすぎたよ」
有名になったよ。真耶兄さまのためだけに、と、央太は自嘲するように嗤った。
「教えて。兄さまにとって、白木央太ってなんだった？　僕のこと、本当は嫌いだった
……？　ずっと——ずっと、それが知りたかったんだ」
赤い眼には縋るような色が灯っている。真耶は口の中が、カラカラに乾いていくのを感
じた。耳鳴りがし、体が震えていた。

長い間、忘れたふりでやりすごしていた記憶が、不意にはっきりと蘇ってきて、真耶は息を止めた。

八年前の春だった。突然変異の始まった央太が、泣きながら電話をかけてきた。

——好きです。真耶兄さま。誰よりも一番好き。真耶兄さまが、ずっと好きだった。

体が変わってしまう前に、会いに来てと言われた。会いに来て、小さい央太でいるうちに、もう一度告白したいからと、そう乞われた。

——悪いけど、行けないよ。央太。

真耶はそう言った。面倒だと感じた。自分に、好意なんて期待されても困ると思った。

——望まれたとおりに生まれ直すなら、良いことじゃないか。僕への好意なんて、すぐ消えるよ。それより、きちんとパティシエにならないと……。

当時の央太はなにかあれば真耶に電話をかけてきて、泣いてばかりいた。

修業が辛い、外国での生活が辛い、日本に帰りたい。

繰り返される泣き言に、厳しく叱らねば、ただの甘えた、ダメ人間になってしまうと思った。そうでなくとも、央太は日本で一度調理師の専門学校に入り、一ヶ月でやめてしまっていて、その上での渡仏だった。今度こそはちゃんと頑張る。真耶にそう約束し、親に大金を出してもらっての留学だったから、突き放すべきだと思った。

あのときの央太は真耶の言葉にしばらく沈黙したが、やがてかすれた声で、「兄さまへの気持ちは、消えたりしないよ」と呻くように言った。真耶はただ早く、電話を切りたかった。

――パティシエになってからなら、もう一度返事をするよ。

思わずそう言ったのは、自分のことを諦めさせ、夢に向かって努力させるための方便だった。もし本当にパティシエになれるなら、そのころには、央太は真耶のことなど忘れているとも思っていた。

けれど央太は納得した。そうだね、頑張るね、だから見ててねとだけ言って弱々しく笑い、通話を切った。それ以来、央太から電話がかかってきたことはない――。

離れている間は、忘れていられたこと。けれど再会してからずっと、いつか蒸し返されるのではと、怯えていたこと。それがもう、誤魔化せないほどはっきりと央太の口から示された。

清く正しく高潔に。

後ろめたいことなどなにひとつなく生きているはずの自分の、たった一つの過ち。

それは、央太の告白を忘れ、嘘になると分かっていて返事を引きのばしたこと。そして忘れたふりをして、わざと返事をしなかったことだ。好きだと言われたことも、方便とはいえ、パティシエになってから返事をすると言ったことも、真耶は思い出さないようにしていた。すべてなかったことにして、やり過ごすつもりだった――。

はじめから、告白を受け入れる気はなかった。だからこの八年間、央太の情報が流れてきても、いつも見ないふりをした。サイトも見に行かなかったし、央太がどうしているのか、友人の間でもあえて話題にしなかった。それは意図的な行為だった。

意図的に、真耶は央太に対して、「正しく」ない行動をとってきた。真耶はずっと、自分が言った言葉から、央太の存在から眼を逸らしていた。

考えたくなかったのだ。央太の気持ちも、央太への返事も。真耶はずっと、自分が言った言葉から、央太の存在から眼を逸らしていた。

真耶は呆然として、椅子に縫い付けられたように微動だにせず座っていた。左胸に差した万年筆が、ジャケットとシャツの布越しに感じられる。触れて落ち着きたかったが、動くことすらできない。真耶の心臓は大きく鼓動し、痛いほどだ。

部屋の中に時計の音が、やけに大きく響いて聞こえた。

「……僕がロウクラスだったら？」

長く、気詰まりな沈黙を最初に破ったのは央太だった。

「――ロウクラスだったら、真耶兄さまは好きになってくれたのかな？」

真耶は息を呑み、それから、なるべく冷静になろうとした。パンドラの箱は開いたのだ。逃げることはできない。どうして――忘れたふりをしてきたのか。自分でも分からず、己の不誠実さに打ちのめされていた。

「……いや。それは、なかったと思う」

搾り出すように答えると、央太は信じていないように、まだ真耶の言葉を待っていた。

「——前に芹野先生から……自分と付き合えますか、みたいな質問をされたことがあって」

正直に話さないと、信じてもらえそうにない。白状すると、央太が面白くなさそうに「へえ」と眼を細める。真耶はその反応を遮りたくて「そのとき」とやや語調を強めた。

「考えたけど、無理だなと思った。ロウクラス相手に、そういうことはできない。なんだか……かわいそうで」

「かわいそう?」

ふっと央太が鼻で嗤った。

「そっか。じゃあそうやって、一応は真面目に取り合って考えてあげてるロウクラスの子のことは、かわいそうと思えるんだね。無視して忘れたハイクラスの僕のことは、べつにかわいそうじゃなくて?」

嫌味な言い方に、真耶はわずかに苛立った。そういうわけじゃない——そう言いかけたけれど、央太は真耶の言葉を遮った。

「だけど八年前、泣きながら電話したのが僕じゃなくて翼だったら、真耶兄さまはフランスまで来てくれたでしょ」

断言されて、言葉をなくした。そうだ、そのとおりだと、自分でも思う。

「……たとえば芹野先生でも、行くよね？　違う？　突然電話がかかってきて、今フランスにいるけど、高熱が出て辛い、来てほしいって言われたら？」

真耶は芹野の可愛い声と、いつも一生懸命で、どこか自信なさげな顔を思い浮かべた。行く、と即座に思った。それはもうほとんど、条件反射でそうするだろう。

理由はただ一つ。芹野がロウクラスだからだ――。弱い相手だから、守らねばならない。それが「正しい」。

真耶の答えを聞く前に、央太はため息をつき、酒が入ったままのワイングラスを差し出した。

「いや、僕はいい。車だから」

「……飲んでよ。兄さまのために注いだから」

低い声で半分命令のように言われて、真耶は数秒、央太を見つめた。央太の意図が分からない。けれどこれは、返事をしなかった自分への制裁のような気がして、それで央太の気が済むのならと、グラスを持ち上げ酒を飲む。先ほどと違って、味を感じる余裕はない。

央太は椅子の背にもたれ、腕を組んでいる。無表情な顔だが、おそらく怒っている。

「……講演で、師匠が朝の五時にサブレを焼くって話したの、覚えてる？」

央太に訊かれ、真耶は頷いた。

「……僕はさ、スジボソヤマキチョウで生まれて。ハイクラスの中じゃ小さいし、親は期待するのがかわいそうだと思ってたみたい。家業は継がなくていいから、好きに生きなさいって言われて、過保護に育てられた。知ってるよね」

なぜか央太は、自分の話をしはじめる。それを真耶はおとなしく聞いていた。

「自分に自信なんてなかったし、なにかになれるとも思えなかった。夢なんて持たずに、なんとなく生きてたけど……高校で翼と出会ってさ」

そこから先の央太の心情は、真耶にも察しがつく。瞼の裏に、ありし日の翼の姿がぱっときらめくように浮かんだ。大きめの制服を着た、十五歳の翼。ロウクラス出身の、小さな彼の影響力はすごかった。精一杯命の炎を燃やしていた翼。

真耶が今の仕事で、ロウクラスの生徒のためにと頑張るのは、翼の影響が大きいが、それは央太にとっても同じだったのだろうと、容易に分かる。

「――生きることを感じたいって、一生懸命になってる翼のそばにいて、僕も変わりたいと思った。勉強も得意じゃないし、僕ってなにが好きだろうと思ったら、お菓子作りかなって思って……思い切って、大学に行かずに、専門学校に進みたいって真耶兄さまに相談した。そしたら……好きなことなら、やってみなさいって、言ってくれて」

覚えてる？　と問われたが、まったく覚えていなかった。だがその言葉は本心だったろうし、今問われても、同じように答えると思う。

「……嬉しかったよ。普通じゃない道を選ぶのは、やっぱり怖かったから」

覚えていない真耶に苦笑しつつも、央太は優しい声でつけ足した。ようやく、央太の顔に笑みが戻る。そのことに少し安堵し、真耶は持っていたグラスを置いた。

「でも――僕、根っこが甘ったれでしょ。最初の専門学校は、一ヶ月で辞めちゃって」

あまりにスパルタな世界。特に、職人の世界はロウクラスもハイクラスも関係ないので余計にだった。家や学校で趣味の菓子作りしかしてこなかった央太は、家族や友人に食べてもらって褒められる経験しかなく、専門学校の教師にこっぴどく叱られたり、同い年で自分よりできる生徒を見て落ち込み、結局は挫折した。

「母親が知人のツテをたどって、ルノートルのところで修業が決まったとき、真耶兄さまには『パティシエになれるまで帰ってくるな』って、厳しく言い渡されてさ。その二年後、突然変異が始まって……。見た目が変わっちゃったら、もう真耶兄さまから嫌われちゃうかも。それが怖くて、好きだって気持ちだけでも言いたかったから、電話で告白した。最後に会いに来てほしいとも言った。……なのに流されて」

自嘲気味に言う央太に、返す言葉もなく真耶は息を詰める。必死な想いに報いなかったことを、責められているような気持ちになる。けれど央太は責めはせず、「でさ」と、ため息まじりに続けた。

「僕はもうやめちゃおう、日本に帰ろう。夢は夢で、やっぱりしょせん僕なんて誰からも期待されてない、信じられてないダメ人間なんだ。そう、思った。――今日にはお店に辞めるって言おう。そんなふうに決めて、明け方に一人で、店の床を拭いてたらさ……情けなくて、悔しくて、泣けてきて」

初めて気付いたんだよね、と央太が呟く。

「ああ僕は――小さく生まれたから、どうせできないと思われて……スジボソヤマキチョウだから、いらないって思われて……そうやって育ってきたことに、こんなにもこんなにも、苦しめられてるんだなって――」

――どうせ央太は小さいから。気が弱いから。スジボソヤマキチョウだから。

期待しない、できなくていいよと、親に言われて育った。そのことが、根深く自分の中にあったのだと、央太は囁いた。

「自分でも、自分のことをそう思ってる。ずっとずっと、そう決めつけてきたんだって分かった。どうせできない、央太には無理だって、僕は僕に思い込んでる……」

胸が締めつけられるように痛んだ。薄暗いパリのパティスリー。床にうつぶせた央太が啜り泣きながらそんなふうに苦しんでいたことを、真耶は知らなかった。

その決めつけは、真耶も央太にしてきたことだ。どうせできない。央太が、パティシエになれるわけがないと――励ましておきながら、内心では思っていた。

「そしたらそこに、師匠のルノートルが現れて……サブレを焼くから、手伝いなさいって言われたんだ」

「……サブレを？」

央太は頬杖をついて、「そう。サブレ。子どもでも作れるお菓子だよ」と小さく笑う。

「……涙を拭いて手伝いながら、今、辞めるって言おうかな。師匠は怒るかな。そんなこと、ずっと考えてた。でもサブレが焼きあがったら、師匠が言うんだ。カフェを淹れよう。味を見てくれって……。そのとき、聞いたんだ。師匠が毎朝サブレを焼くのは、自分が生まれて初めて、作ったお菓子だからだって」

幼いころ、ルノートルは母親のためにサブレを焼いた。彼女が美味しいと喜んでくれたから、その笑顔がまた見たい一心で、ルノートルは菓子作りにのめり込んでいったという。

「師匠のお母さんは病気だったみたい。亡くなる前日に、なにか食べたいものはある？って訊いたら、『サブレ』って言われて――そのとき師匠はもう、世界的なパティシエだったのにね。ものすごく簡単なサブレを焼いて持っていったら、お母さんは嬉しそうに一口食べて、『初めてお前が作ってくれたのと、同じ味ね』って言ったんだって」

そんなわけないんだよ、と央太は淋しそうな笑顔になる。

「子どもが作る味と、世界的なプロのパティシエのサブレが同じ味のはずない。……でも違うんだ。愛してる人に、美味しいって言ってもらうときに大事なのは、技術だけじゃないんだって話なんだよ。……それを聞いたときに、僕も思い出したんだ」

――最初にお菓子を作ったときのこと。僕もクッキーだった。

ぽつりぽつりと、央太は独りごちた。赤い瞳が潤み、そのときのことを懐かしむように、長い睫毛を震わせている。

「通学バスで一緒になる真耶兄さまに、あげたよね。いつも守ってくれるお礼がしたくて、クッキーを焼いていった。すごく喜んでくれて、美味しいって褒めてくれた。それが嬉しくて……また喜んでほしくて、お菓子作りが大好きになったんだよ」

胸の奥で、なにか言葉にならない気持ちが、音をたてて動いた気がした。

可愛い、小さな央太の顔が胸に浮かび、泡のように溶けて消えていく。

通学バスの中で、いつも真耶の体にぴたりとくっついていた央太。制服の半ズボンの先から出た、丸くて白い膝小僧が、真耶の足に寄り添っていたこと。温かい、子どもの体温と匂いが、央太からはしたこと。

「小さいからできなくていい――みんなそう言ったけど、真耶兄さまは、違ってたよね」

優しい央太の声音に、胸が詰まる。けれどなにがどう、自分とみんなで違っていたのかなど覚えていなくて、真耶は黙っていた。

「兄さまには、いつも叱られた。央太、お前は自信がなさすぎる。一人でもちゃんとできる。小さくてもハイクラスなんだって。そう言いながら、僕の手を結局は握ってくれる真耶兄さまが、好きだった。僕をいらないって言わない兄さまが……好きだった。……叱ってくれるのが、嬉しかったよ。真耶兄さまはいつも、正しいことしか言わなかった」

——兄さまの手を握ってついていけば、できない自分でも生きていけると思えた。

央太は囁く。その顔はどこか、遠い昔を思い出すように、悲しげだ。

「だからショックだったよ。望まれたとおりに生まれ直せるなら、良かったなんて——八年前、兄さまに言われて」

真耶は息を呑んだ。じわじわと、嫌な痛みが胸を襲ってくる。央太は自嘲気味に囁いた。

「結局、兄さまにも小さな僕はいらなかったってことか。そう思ってさ」

静かに語るその声に、激情はない。ないからこそ、余計に真耶は、そのときの央太の絶望を、ひしひしと感じた。

「……そういうつもりで、言ったわけじゃない」

真耶は喘ぐように、反論した。

「親御さんが喜ぶだろうって。それにこんなに成功したなら、悪かったとは言えない……」

「ならやっぱり……昔の僕はいらない？」

央太の自虐的な言葉に、真耶はなにを言えばいいか分からず、口をつぐむ。

「僕の二十年ってなんだったのかな。小さかった白木央太の時間は？　震えながらやってた努力は？　どれだけ褒められても、認められても、心から喜べない。血と能力のおかげだって言われてるみたいで、なんか冷めちゃうんだよ」

　このあたりがね、と言って、央太は自分の胸に手を当てた。

「ずーっと……冷たい。心が渇いてて、褒めてくれる人のこと、どうしても遠く感じる。この人、僕がスジボソヤマキチョウだったら、同じこと言わないんだろうなって……いつも、どうしても、思ってる自分がいる」

　——でもね、変わってないんだよ、と、央太は絞り出すような声で言った。

「お菓子作りが好きなことも、真耶兄さまが……雀真耶が、世界で一番好きなことも、あのころから変わってないんだ。べつにそれをみんなに、分かってもらえなくてもいい。ただ一人、真耶兄さまにさえ分かってもらえたら——。ずっと思ってた。いつか時期が来て、それでもまだ兄さまを好きなままなら、訊きに行こうって。……あのころ」

　小さい央太だったあのころ。

「僕は、兄さまにとって、なんだった？　澄也先輩や兜先輩みたいに、対等な相手じゃなかったよね。でも、翼みたいに守る対象でもなかった。かといって、他のハイクラスにするように、線引きされてたわけでもない。優しくしてもらえるけど、すぐに甘えるなって言われる。それはいいんだ。ただ、僕は……僕が、兄さまに必要だったのか知りたい」

　央太は泣き出しそうな顔をしていた。まるで小さな子どもが、親に不安をぶつけるような眼で、じっと真耶を見つめてくる。

「僕がくっついてきたから仕方なく、可愛がってくれた？　いつも分からなくて、不安だったよ。兄さまは僕が……いるのか、いらないのか。八年前告白したときも、どうして、とどめを刺してくれなかったの？」

他の人になら、そうするよね、と問われて、真耶は固まっていた。

「嫌いでもなく、好きでもなかった？　真耶兄さまは、どうして僕を繋ぎ留めたの――」

答えを求めるように、央太は真耶を見つめている。

自分にとって央太は、なんだったか？

（嫌いじゃ……なかった）

真耶は指先が震えるのを感じた。

（でも――好きだったわけでも……なかった――）

自分は、そんな感情ははじめから、持てないのだから。

耳の奥に、真耶兄さま、と呼ぶ、甘い声が蘇ってくる。

パパとママは、僕がいらないんだと泣いていた、小さな央太を覚えている。

真耶はそうか、と話を聞いた。幼いころ、二人きりの校庭で、並んで座ったベンチ。央太は望まれたとおりに生まれなかったから、自分はいらない子どもなのだと言った……。

――そうか、なら、僕と一緒だ。

言いはしなかったけれど、そう思ったことがある。その記憶が思い出され、真耶は体を強ばらせた。胸が締めつけられて痛み、息苦しい。

「……お前は……僕とは全然、違ってしまったから」

喘ぐように、真耶は呟いていた。央太が少しだけ、眼を見開く。

突然瞼の裏に、柩の中で眠っている、母の顔が浮かんだ。

柩の前に立ち、ただ一言、胸に秘めたまま訊けなかった言葉を言おうとした日のことが、真耶の胸に浮かび上がってくる。

「もう……帰る」

気がつくと真耶は勢いよく、立ち上がっていた。気分が悪く、くらくらと目眩がした。震える体を無理やり動かして、コートと鞄を手に取る。その手が震え、手のひらには冷たい汗をかいている。

「待って、まだ酔ってるでしょ」

央太が慌てて立ち上がる。真耶は「タクシーを拾う」と吐き捨てたが、腕を摑まれて立ち止まった。振り払おうとした矢先、央太が指に力を入れた。真耶はその手を、解けなかった。予想以上に力の差があると分かり、驚く。とたん、頭にカッと血が上った。ハイクラスのプライドが、腹の奥に火のようにこもる。

「放せ」

「放さないよ。まだ答えを聞いてない」

「答えなんてない」

「あるよ、好きか嫌いか……いるかいらないか、簡単なことだよ」

言えない。反射的にそう思った。いや、そうではない。言えないのではなく言いたくないのだ。それなのに答えを聞きたがる央太が理不尽に思え、怒りすら感じた。

「この……っ、甘ったれ！」

真耶は思い切り振り払った腕で、思わず強く、央太の胸を突いていた。罵った瞬間、抑えていた怒りが爆発した。

「図体（ずうたい）が大きくなって、ちょっとモテるようになっただけで、甘えてるところは同じままじゃないか！」

央太は眼をわずかに見開き、怒鳴る真耶を見下ろしている。

「告白の返事だって、もらえなかったのは僕のせいか？　お前が言えばよかったんだろう、パティシエになったって！　だから返事をくれって！　大体……大体、なんなんだ？　僕にとってお前がどうだったかなんて……聞いたところでなんの意味がある？　過去のことだ。終わったことを掘り返しても無意味だ！　今さら、僕なんてどうでもいいだろう⁉」

真耶はうつむき、ぎゅっと拳を握った。頭が痛い。言葉を止めようとするのに、口からはまだ叫びがこぼれる。

「昔がどうだろうと、今は世界的に認められて、周りからもチヤホヤされてる。それでいいだろう、十分だ。お前は十分……十分、輝いてるよ。答えなんてない、好きとか嫌いとか、いるとかいらないとか……そういう……そんな次元で、僕は誰とも付き合ってない、そんな感情、僕は誰にも持ったりしない……！」

吐き出すように叫び終えたあと、息が荒れているのに気がついた。喉が切れたように痛かった。今度こそ帰る、そう呟いて踵を返す。しかしその瞬間、また腕を摑まれて、真耶は捕まった。

「お願いだから、逃げないで」

央太は乞うように言う。逃げるつもりなんてない。腹が立ち、再度振り払おうとした腕に、力が入らない。あれ、と思ったときには強い腕が腰に回り、後ろから抱き締められていた。

「兄さま……」

耳元で囁かれ、嫌な予感がした。耳朶を舐められて、頭から血の気がひいていく。

「央太……っ、刺すぞ……！」

怒鳴ったが、不意に真耶は顎を捉えられ、持ち上げられていた。

そのまま口づけられて、一瞬なにが起きたか分からなかった。口の中に分厚い舌がねじこまれ、甘ったるい、蜜のようなものがとろりと喉奥に流れ込んでくる。水飴のようなそれは央太の唾液だった。喉が焼けつくほどに甘い味をしている――ツマベニチョウの媚毒だ。

真耶は本能的に、この媚毒の危険性を察知した。渾身の力をこめて、央太を突き飛ばそうとする。しかし、体に力が入らない。真耶はよろめき、その場に座り込んでいた。

人差し指の爪が無意識に伸び、央太の頬にひっかき傷をつける。血のにじんだ央太の頬を見て、真耶は我に返った。央太の体に、咄嗟に神経毒を入れてしまったのだ。

しかしうろたえる真耶を見ても、央太は平気そうに、眼を細めて笑うだけだった。

「大丈夫だよ。……僕ね、もうヒメスズメバチ程度の毒じゃ、効かないんだ。僕自身が、猛毒の固まりみたいな体だから」

頬の傷はみるまに消えていき、央太はなにごともなかったかのように、へたりこんでいる真耶の向かいにしゃがんだ。真耶の体は我知らず、小刻みに震え、熱く火照りはじめていた。息は激しく乱れている。予期せぬ体の反応に、真耶は混乱した。

（なんだ、これは……）

味わったことのない感覚が、ぞくぞくと全身を駆け巡っていく。

「本音で話しても、真耶兄さまは教えてくれないんだね」

央太は眼をすがめて真耶を見つめ、知りたいんだ、と呟いた。器用な長い指が、震えている真耶の左胸、ちょうど心臓の上に伸びてきて、トン、と叩く。それだけで、体にさざ波のような衝撃が走る。

「この中になにがあるのか」

僕の入る隙間があるか、知りたい、と、央太は囁く。

「誠実に話しても教えてくれないなら――今の力、使っていい？」

動けない真耶の額に、央太はこつん、と自分の額を押し当ててきた。

「僕のこと、好きになれなくていい。……一度だけ、体、ちょうだい」

央太はなにを言っているのだろう？

真耶は眼を見開き、信じられない気持ちで、眼の前の男を見つめていた。なにより、なぜ自分の――ハイクラス上位種、ヒメスズメバチの優位な体。普段危機感など持つ必要がないほどに強い自分の体が、上手く動かせなくなっているのだろう……？

真耶は困惑しながらも、考えられる可能性を必死に考えた。

なにかあるとしたら、薬を盛られたとしか思えない。しかし食事も酒も、央太は真耶と同じものを摂っていた。第一、真耶の体はわずかな毒やアルコールならすぐに分解できる。媚毒は口から入れられたが、まだ量は少ない。

そのとき脳裏をかすめたのは、央太が兜に渡していた、怪しげな酒だった。まさか……と、思う。

「……ネジレバチの酒か？」

勘が働く。ネジレバチはハチの神経系統を狂わせる寄生虫だ。ハチ種を起源にした人間は、その成分を摂取することで神経異常を起こす。いわゆる媚薬だ。兜の伴侶はオオスズメバチ出身。ハチの最上位種に属するから、ネジレバチの成分には、当然弱い。

　央太は穏やかに微笑んだ。テーブルの上に置いたままのワイングラスの中で、飲み残しの金の液体が光っている。

「僕は毒が効かないし、チョウ種だから、飲んでも平気だけど。やっぱり真耶兄さまには効いてるね」

　手をとられても、振り払えない。体はただびくびくと震えるだけだ。

　強姦だぞ、と真耶はかすれた声を出した。央太はくす、と微笑んだ。

「そうだね。でも、犬に嚙まれたと思ってよ。こうでもされなきゃ、真耶兄さまは一生セックスなんて、しないでしょ」

　残酷な言葉を、ひどく優しく囁くと、央太は真耶の手の甲に、誓いを立てるかのように口づけた。

六

——なぜこんなことになっているのだろう?

自分の身に起きていることが、とても現実だと思えない。

真耶は央太の部屋のラグに引き倒され、服を脱がされて、一糸まとわぬ姿にされていた。

体には力が入らず、それどころか、触れられるたびに弱い電流が背に走り、性器は淡く勃ちあがっている。

口づけられたとき、舌に噛みつこうとしたが、歯さえ食いしばれなかった。真耶はただひたすらに震えながら、せめて喘がないように自分を制し、頭の中で央太を呪っていた。

——殺してやる、殺してやる、殺してやる殺してやる……。

なぜこんなことをされなければならないのか、なにが央太を突き動かしているのか、真耶には分からず、またけっして分かりたくもなかった。どんな理由があるにしろ、これは強姦だ。許されることではない。

それなのに、体を愛撫されるたび、真耶の白い肢体はびくびくと揺れた。

「すごいね……あのお酒飲んだら、スズメバチ種はとろとろになっちゃうのに……真耶兄さま、まだ正気あるんだ」

　さすがだね、と嘲るように褒められて、真耶は央太をきつく睨みつけた。羞恥で頬に、熱がのぼる。央太は全裸にした真耶の体をまたぎ、上から下まで検分するように眺めた。

「すっごくきれいだよ……。まだ誰も、触ったことないんだろうね……？」

　大きな手のひらが、そっと真耶の胸を包む。乳首を弱く指で挟まれ、真耶は息を漏らしたが、それ以上はなんとか耐える。それでも、両手で胸の肉を揉まれ、乳首をこりこりと扱かれると、その動きに体がざわめき、腰が反って尻が揺れた。乳首から性器へ、甘ったるい痺れが走り、その快感に体の奥が溶ける感じがした。

（い、いやだ……感じたくない……っ）

　真耶は必死に抵抗しようとした。だが体が勝手に拾う快感には、とても勝てない。勃ちあがった性器は、だらしなく先走りを垂らしている。

　央太は着衣のままで、真耶の性器に己のものを押し当てた。央太のものも、堅く張りつめていた。腰を揺らして擦られると、腹の奥がぎゅっとなり、爪先までびりびりと甘い波が駆け抜けた。

「……っ、んっ、……んんっ」

　こんな快感を、真耶は三十年知らなかった。

人に体を触れられたこともなければ、自分で処理もしない。溜まっているという感覚もなく、第二次性徴以降、数年に一度夢精で果てるくらい。それもどういう夢を見ていたかは覚えていない。

「やっぱりあのお酒だけじゃ、声は聞けないか……。じゃあ、僕の毒、いっぱい入れてあげるね」

央太は真耶の乳首を弄(いじ)りながら、そんなことを言う。優しげに笑う央太を見上げて、真耶は、これは誰だと思った。

これは本当に昔、自分が可愛がっていた、あの白木(しらき)央太なのだろうか?

混乱し、冷静さを失って、崩壊しそうになっている思考を、それでもなんとか制御して、真耶はもう一度央太に警告した。

「央太……っ、いい加減に……しないと……刺し殺す……っ」

眼を覚ましてほしくて言ったが、央太はただ短く、乾いた笑い声をあげただけだった。

「兄さまの毒じゃ効かないんだって。ツマベニチョウ出身者がモテる理由って知らない?」

知らないんだろうね、真耶兄さまはきれいだから、と、央太は眼を細める。

世間知らずだとバカにされたようで、腹が立った。

「セックスドラッグ……って言われてるんだよ、この毒」

央太はそう言うと、赤くて長い舌をべろりと突きだした。その舌先に、黄金色の蜜のような液体が、じわじわと染みだしてくる。同時に央太の体からは、強烈なフェロモン香が溢れた。舌の先に染み出したのは、ツマベニチョウ出身者だけが持つ強力な媚毒(びどく)だ。キスのとき、口の中に垂らされたのはわずかな量だったが、今、央太の舌には匙(さじ)ですくってもこぼれそうなほどの蜜がある。真耶の本能が激しい危険を察知して、体は震えていた。やめろ、と言おうとしたそのとき、媚毒は央太の舌先からこぼれて、真耶の右の乳頭に落ちてきた。

激しい愉悦が乳首を刺し、真耶の性器に電流が走る。

「っ、あ……っ、――っ」

叫びそうになるのを、こらえる。媚毒がじわりと真耶の乳首に染み込むのを見ながら、央太は反対側の乳首を口に含んだ。じゅくじゅくと吸われ、乳頭にねっとりと唾液をつけられる。喘ぐのを我慢しながら、息も絶え絶えに眼をやると、突き勃った桃色の乳首に、金色の液が絡んでいる――。

媚毒を塗り込められた乳首は、乳輪ごとふっくらと膨らんだ。その乳首は空気に触れるだけで甘い快感を得て、体がぞくぞくする。体が震えると乳首が揺れて、無限に感じてしまう。

「ん、う、う、う」

漏れる声が恥ずかしくて、真耶はまっ赤になっていた。乳首が熱い。

「……っ、あう……、んっ」

腰が揺れ、勃起した性に露がにじむ。自分の無様な姿に、真耶はいっそ泣きたかった。

「可愛い、真耶兄さま。素直に感じていいんだよ……？」

笑いながら、央太が体を起こす。乳首をこねられ、真耶は内腿をぶるぶると震わせた。

信じられないことに、ここだけで達してしまいそうだった。

こんなのはいやだ。そう思うのに、央太の指が肌をかすめるたび、甘い声が出そうになる。やがて央太の手で、真耶は足を開かれていた。

「や、やめろ……っ」

必死の制止も虚しく、央太は真耶の足の間に座り、勃ちあがった真耶の性器を、片手で優しく持ち上げる。根元を擦られて、真耶はびくりと尻を揺らした。

「……っ、う……っ」

これまで一度も人に触られたことのない場所を、丁寧に扱かれて、真耶はぶるぶると震えた。いやでいやでたまらない。羞恥と怒りで、頭がおかしくなりそうだった。

「桃色だ。すごくきれいだね……使ったことないんだなって感じ……」

うっとりと言う央太を、真耶は蹴り殺したいと思った。それなのに、鈴口を親指で揉むように押されると、甘い悦楽が背中に走る。声は押し殺せたが、体は感じて揺れている。

「ここに、いいものあげるね」

見ると、央太は真耶の性器の鈴口を、器用に指だけでのばして広げていた。

排泄をするためのその場所に向かって、央太はべろり、と赤い舌を出した。分厚い舌からはまたも黄金色の毒がしみだす。甘い香りが鼻につき、真耶は血の気がひく思いがした。

「や……やめ……っ、あっ、……っ」

そんなもの、そんなところに入れられたら――。

けれど抵抗すらできなかった。

媚毒はとろりと、尿道口に落ちてくる。

（なんだ……っこれ……っ）

真耶は今まで感じたことのない強すぎる快感に、びくん、と大きく背を反らした。熱いもの――まるで細長い、火の棒のようなものが、尿道から性器の奥へ奥へと、入ってくるような感覚があった。央太の媚毒が、性器の中を伝っていると分かる。その毒が体の奥へ達したとたんに、下腹の内部がきゅうっと締まって、言葉にしがたい熱い愉悦が内側からこみあげてきた。まるで体内から、温かな湯が勢いよく溢れて、失禁したかのような感覚だった。

「あ……あ、あっ、あ……っ、んん……っ」

下半身が溶ける。そう錯覚した。もう声を抑える余裕もない。

あまりの悦楽に生理的な涙が溢れ、体が前後にいやらしくはねあがる。

(いや、いやだ、いや、いや、いやだ……っ)

いやなのに快感が退いてくれない。

悲鳴をあげたい。あげて性器をこすりたい。その衝動をこらえるために、ゆっくりと息を吐く。けれどその瞬間、央太が真耶の性器を、絞るように握り込んだ。

「あっ……！」

とうとうこらえていたものが弾けて、真耶の性器は昇り詰め、先端から白濁が飛んでいた。

「イっちゃったね……人にイカされるの初めて？」

央太は嬉しそうに訊いてくる。赤い眼は陶然としており、ほとんど動いていないのに、形のいい額は汗ばんでいた。だが真耶には、それを確認する余裕もなかった。

「あ……あ……」

あまりの羞恥と怒りで、顔がまっ赤になる。体はわなわなと震えている。

これはとんでもない恥辱だ――。

それなのに真耶の性器はまったく衰えず、射精してもなお屹立したままだった。どうして、なんで、と、自分の体が信じられずに、真耶は頭の中で疑問を繰り返した。こんなにひどい辱めを受けたのに、なぜ、自分の性は勃起しているのか。

「真耶兄さまのミルク、濃いねえ……。どれだけ溜めてたの？」

央太は優しく、労わるように言う。真耶の腹に溜まった白濁に指を絡ませると、口に含んで、味を確かめるように、しばらく舌先で液を転がした。真耶はそれを見て、殴られたようなショックを覚えた。央太が自分の精液を飲む姿が信じられない。薄気味悪く、怖いとすら思う。

それなのに央太は鳩尾に唇を寄せると、ずずっと音をたてて、そこに溜まっていた真耶の精液を啜りはじめた。

「……っ、は、……うっ、やめろ……っ」

央太の行為にぞっとして、真耶は叫んだ。だが央太はきかず、真耶の腹に厚い舌を這わせて、精を飲み尽くした。

真耶は怒りと絶望で、眼の前が真っ暗になった。なにか言う気力さえ失せて、きつく眼を閉じる。

意味が分からない。なにも考えられない。央太の気持ちも、もう分かりたくない――。

真耶の頭には、もはや冷静さなど残っていなかった。

だが央太の行為は、それだけでは終わらなかった。突然尻の窄まりを舐められ、真耶は愕然として閉じていた瞳を開けた。細い腰を持ち上げられると、恐怖で心臓が激しく鳴る。

――まさか、抱かれるのか？

「……やめろ、央太」

震える声を振り絞っても、央太は聞かずに、真耶の両足を大きく開いた。怖いのに、体には力が入らず、抵抗することもできない。やがて央太の舌が、ぬるりと後孔に入ってくる。

「……っ、ふ……っう、ううう……っ」

もうだめだ、と思った。

残っていた理性が、音をたてて壊れていく。もうだめ——きっと、央太の与える快楽に、自分は負けてしまう。絶望に、心が折れる。

央太の媚毒が、後孔から腹の中へ注がれる。毒に触れたところは甘く痺れ、腹の内側はいともたやすく快楽に蕩けた。下腹部がきゅうきゅうと切なく締まる。腰が揺らめき、乳首と性器に、じんじんと快感の波が押し寄せてくる。

（いやだ、いや……だめだ）

閉じた歯の隙間から、真耶はふうふうと息を吐いて耐えていた。後孔は媚毒を入れられただけで濡れそぼって緩み、央太の長い指を三本入れられても、痛まない。性器の裏側を強く押された瞬間に、体へびりびりと電気が走って、頭の中が真っ白になった。

（あ、だめ……）

内腿が引きつる。爪先がピンと張って、真耶は二度目の絶頂を迎えた。体がぎゅっと緊張し、無意識に央太の指に中の媚肉を擦りつけて、さっきより薄い精を放っていた。

あまりの悦楽に、涙がこぼれる。後ろだけで達したのだという事実が受け入れられず、真耶は濡れた眼で、呆然と天井を見上げていた。

「薄くなってる。兄さま、やっぱり淡泊なんだ……？　セックスしなくていい体なんだね」

確認するように言いながら、央太が真耶の精液をまた、指ですくって口に含んだ。

汚い、気持ち悪い、なぜそんなことをするのだろう。頭の片隅で思ったが、もう考えるのにも疲れていた。

霞んだ視界の中、央太がパンツの前を寛げて、性器を取り出すのが見えた。

央太のものは大きく、真耶のものと違って、赤黒くそそり勃っていた。その性器を見た瞬間、真耶は央太には経験があることを確信した。この強姦が、央太の初体験とはとても思えない。

――なにが、世界で一番真耶兄さまが好き……だ。

と、真耶は思った。そんな色になるまで、遊んだのだろう。この八年、央太はどこかで誰かと、セックスしていたのだろう……と、思う。

央太は誰とでも、愛し合えるのだ――。

思い至ると真耶の胸は痛み、鼻の奥がつんと冷たくなった。なぜこんなことで、泣きたい気持ちになるのか分からない。

だが太い性器から、黄金色の媚毒がたっぷり染み出してくるのを見て、真耶は我に返った。央太のものは媚薬をまとった性具だ。あんなものを尻に入れられたらたまらない。震える指でラグを摑んだ。自由にならない体で逃げようとするが、すぐに捕まってしまう。

「お、央太、い、いやだ」

「お願い、兄さま」

央太の声は、切なそうに震えていた。今にも泣き出しそうな顔をしている。央太の甘い

香りはいっそう濃密になり、真耶の体にまとわりついてくる。南国の、湿気をはらんだ熱

気のように、それは重たく、全身を絡めとる。

「お願い。受け入れて」

「あっ、う……っ、うっ」

入るわけがないと思う気持ちとは裏腹に、央太の性器はぬかるみに踏み込むように、ぬ

るぬると、真耶の中に入ってくる――。

（……いやだ）

ぎゅっと閉じた眼に、涙が浮かんでこぼれた。

心をずたずたに引き裂かれたような気がした。プライドというプライドが、踏みにじら

れ、壊されて、裏切られた。央太に。そして自分に。心はこんなに拒んでいるのに、体は

感じている。そのことが恥ずかしく、みっともなく、悔しくてたまらない。

大きなものが腹におさまっても、息苦しかったのは一瞬で、すぐに下腹部から甘いものが広がり、真耶の性器は心とは裏腹に、また膨らんできた。後孔の肉がうごめき、央太の性器に吸いつくのが分かる。

（いやだ……いやなのに）

自分の意思とは関係なく、ぼろぼろと涙が溢れる。

「はは……入れた……。真耶兄さまの中に」

央太は眼を細めると、独り言のように言う。どこか感動したような、恍惚（こうこつ）とした表情で息をつき、自分のものを埋めた真耶の下腹を、愛しげに撫でた。触れられると体がさざめき、後ろがきゅうっと締まる。

央太が余裕のない声で、動くね、と言った。

央太にのしかかられた姿勢で、強く中を突かれる。とたんに、腹へ媚毒が注がれるのが分かった。舌先からの比ではない。一度腰を揺すられるたび、じゅぷじゅぷといやらしい水音がたつほどの量だった。

（あ、だめだ、いやだ……いや、いや、いやだ）

ひき潰されそうな心を裏切り、体は奥の奥まで、央太の性器が当たるのを喜んでいる。瞬く間に全身から力がぬけ、悦楽に頭が白くなる。射精していないのに、まるで達したような鋭い快感が、揺すられるごとに襲ってきて、口から「あっ」と声が漏れた。

いやだ。やめろ、喘ぐな。

必死に止めようとしても、膝裏を摑まれ、尻を持ち上げられてゆさゆさと揺すられると、もうだめだった。真耶は「あっ、あっ、あっ、あっ」と甘く鳴いていた。

「あっ、あ、あ、あ、あー……っ」

三度目の絶頂。吐いた精は透明で、勢いもなかった。

「……声、かわいい」

央太は笑っている。真耶が出している間も構わず、央太は腰を動かしてくる。

「あ、あ、ん、んんん、ん……っ、い、いや、いやだ……っあ、あああ……」

激しく突かれると、達したばかりなのにひどく感じて頭がおかしくなりそうだ。浮かんでは落ち、落ちては浮かぶ、終わりのない快楽の地獄にいるようだ。

(だめだ、体、とける――)

「気持ちいい？　兄さま……いいところ、教えて。いっぱい擦ってあげる……気持ちよく、なって」

央太の媚毒はまだ出続けて、後孔からいやらしい水音がたつ。咽せるような甘い香りが部屋一杯に充満し、真耶は意識が遠のいていくのを感じた。

知らぬうちにうつぶせにされていた。央太は性器をゆっくりと抜き差ししながら、真耶の乳首をこね回してくる。赤く膨れた乳首を引っ張られると、体の奥が切なくなり、真耶

は精液を出さずに極まっていた。

「あ……っあ、あっ、ああっ」

耳をねっとりと舐められ、耳の奥へも媚毒を垂らされる。

貪るように中を穿たれて、真耶は終わりのない、甘い波にさらわれた。

「真耶兄さま……っ」

覆い被さっている央太が、切ない声をあげている。苦悶に満ちたその声に、十年前までの、可愛かったころの泣き声が、わずかに重なる。

「汚してごめん……っ、でも……」

僕を受けとめて、と央太は囁き、真耶の中で果てた。

熱いものが腹の中に広がると、それは媚毒の何百倍もの深い愉悦と激しさで、真耶の全身を溶かした。眼の前がチカチカと明滅し、昂ぶっていた性器から潮になったものが勢いよく溢れて、足を汚していく。

「あっ、あっ、あー……」

がくがくと体を揺らしたあと、脱力して放心している真耶の体を、央太が強く優しく抱き締めた。

ひどいセックスだ。ぼんやりとした頭の隅で、そう思った。

強姦なのに、悦楽しかない。こんな残酷なことをどうして央太がしたかったのか、分からない。

（いや、僕が……分かろうとも、しなかったのか）

ふとそう思ったけれど、真耶はもう意識を保てずに、瞼を下ろしていた。


夢を見た。

夢の中で、真耶は七歳だった。学校から帰るといつものように、急いで母がいる居室へ向かっていた。

早く、早く母のもとに行きたい。

真耶は廊下で、つい小走りになった。

母は一年前から病にかかり、余命わずかと診断されていた。

真耶は驚いたけれど、母はまったく動じなかった。治らないのなら自宅療養いたしますと告げ、一階の洋間にベッドをいれて、そこで当主としての仕事をするようになった。

わずかと言われた余命を延ばし続ける母は、これまでと変わらず元気に見えた。このぶんなら、まだまだ生きられそうですなと言った医者に、母は毅然と「明日死んでもよいように、生きております」と答えていたが、真耶も、母はもっと生きるだろうと思っていた。

どんなときも気丈で、弱音を吐かない強い母を、真耶は尊敬していた。母がそんなふうなので、姉たちも真耶も、あまり悲観せず、病を病と受け入れるようになっていた。

それでも——学校にいる間はいつも、母のことが気がかりだった。真耶がいないところで、もしも万が一、母が逝ってしまったらどうしよう。そう思うと、時折わけもなく不安に駆られた。

だが、そんな事を考えて学業をおろそかにしては、母を悲しませるだろう。

真耶は母の望むように、「清く正しく」一日を生きて、帰ったら母のもとへ駆けつけ、なにがあったか話すことにしていた。

真耶がきちんと生きていたなら、母はきっと喜んでくれる。

そうして——そうしてもしかしたら、その積み重ねが母の命を延ばすかもしれない。

真耶はそんな期待を誰にも言わなかったが、ひそかに持っていた。

その日は、たまたま通学バスが普段とは違う道を通った。

寒い時期で、巷(ちまた)ではウィルス性の病気が流行(はや)っていた。丈夫なハイクラスとはいえど、まだ子どもなのでそれなりに病欠もある。一年生のクラスが、大事をとってまるごと学級閉鎖になったので、バスは急遽(きゅうきょ)、短縮ルートを走り、真耶はいつもより三十分早く家に帰ってきた。

母を驚かせたくて、真耶はそうっと玄関を開け、誰にも見つからないよう居室に入り、母さま、と、呼びかけようとした。

けれど部屋に入る手前で、真耶は足を止めてしまった。

部屋の扉がわずかに開き、その隙間から、母が具合悪そうにベッドに臥せっているのが見えたからだ。

母は病気になってからも、ほとんど寝ていることがなかった。真耶は、ベッドの上に臥せる母を知らなかったので、辛そうなその姿に驚いて、なぜか気配を消してしまった。

屋敷の中はシンとしており、二階で使用人たちが動く音以外、静まり返っていた。

わずかに開いた扉の隙間からは、母と菊江の声がした。

——真耶を、産むつもりはなかったのよ。

母はそう言った。はっきりと聞こえた。

真耶は息を止めて、その言葉を理解しようとした。しかし、意味が分かったとたんに、とてもそれを受けとめきれず、呆然とした。

——寧々が女王になれる子だと分かっていたし、上の三人がいれば女王は支えられると知っていたわ。しかも男の子でしょう。……ヒメスズメバチの男じゃ、結婚のあてもない。

——お家がらみでなければ、良いお相手は見つかりますよ。

菊江が言い、母はそうね、でも……と苦しそうに呟いた。

——普通の子より、ずっと難しいわ。家の犠牲にしてしまった。……真耶がかわいそうだと、思っているの。

まだ小さいのに、と言って、母は両手で顔を覆った。菊江が「奥様」と囁き、慰めるように母に寄り添い、優しく肩を撫でている。母は泣いているのだろうか？　あの気丈な母が。真耶にも、姉たちにも、清く正しく生きよと言い、その言葉どおりに、常に顔をあげて生きている——母が。

真耶は一歩、二歩と足音を消して、後ずさった。

後ずさり、後ずさり……やがて階段まで来ると、思わず小走りになった。自室に飛び込み、学校の指定鞄をベッドに置くと、詰めていた息をできるだけゆっくりと吐いた。そうして初めて、こみあげてくるものを感じた。手が震えていた。鼻の奥がつんと酸っぱくなり、目頭に溢れた涙が頰をこぼれた。

……そうなんだ。

と、思った。

——僕は本当は、いらない子どもだったんだ。

産むつもりのなかった子ども。生まれなくてよかった子どもだったのか。

どんなに頑張っても、どんなに母の望むとおりに生きても、本当の意味で望まれる子どもには、なれないのだ。

眼の前が真っ暗になり、真耶は自分がどこに立っているのかもよく分からなくなった。

けれど頭の隅では、いや、そんなことはもうとっくに知っていたじゃないか、と呆れる自分の声がしていた。

ヒメスズメバチは女の子が大事で、男の子はいらない。そんなことは、真耶でなくても知っている。

分家に生まれた男子なら、それでもまだ、女王やその姉妹の結婚相手として選ばれることもある。だが本家の男子に使い道などない。せいぜいが、当主が結婚するまでの補佐役。そしてそれが終われば、もはや役目はなく、結婚も難しい。なぜなら女王種の男子には、生殖の必要がないからだ。

昨日読んだまま開きっぱなしにしていた本が、涙でにじんだ視界に入ってくる。

それは星座の本だった。冬の空の星座表が、大型本のページいっぱいに描かれている――。今の時期ならどんな星が見れるだろうと、真耶は昨晩、隅から隅まで読んだ。

今夜星が出たら、母に教えようと思っていた。

お前の星はどんな星かしらと言ってくれたのは、母だった。真耶は本の中から母の星を探した。そしてきっと、いつも変わらない場所で輝き、道しるべとなって導いてくれるポラリスこそ、真耶にとっては母の星だと思った。

そう言ったら、母は喜んでくれるだろうか？

そして真耶の星を、ポラリスの近くに見つけてくれるだろうか――。

鼻をすすり、真耶は着替えたら、もう一度母を見舞おうと思った。なにも聞いていないことにしよう。なにも知らないことにしよう。真耶が泣いていたと分かったら、きっと母は傷つき、苦しむから。

星座の本を閉じて、本棚にしまった。もう二度と、母に星の話はしない。きっと困らせてしまうだろう。真耶は燦然（さんぜん）と輝く一等星でも、見つけやすい二等星や三等星ですらない。夜空の隅に引っかかり、誰からも見えない透明な星なのだろう。

自分では諦めることができる。けれども、母に、困った顔で真耶の星は見えないと言われて、傷つくことは怖かった。そのために、母を苦しめるのも怖かった。

いらない子ならなおさらに。

真耶は涙を拭って、顔をあげた。

清く正しく、高潔に役目をまっとうしよう。そう決めた。

いつも毅然としていれば、母の心配事はなくなるはず。真耶を――かわいそうだと、犠牲にしたと……自分を責めなくてもいいはずだと。

そう思った。

頬に冷たいものがあたる感触で、真耶は眼が覚めた。

まどろみながらのろのろとした動作で頬に触れると、それは涙だった。夢を見て泣いていたらしいと知り、けれどその夢の内容は覚えておらず、涙を拭ってゆっくりと起き上がった。

体は重たく、だるかった。

見知らぬ寝室には朝日が差し込み、壁の時計の針は朝七時を指している。今日は土曜日。アラームの鳴らない日だ。

部屋を見渡すと、大きなベッドに寝ているのは自分だけで、真耶は、だぼついたパジャマを着ている。甘ったるい南国の花のような香りが、部屋中、いやなによりも自分から香っていた。

そこでやっと、真耶は昨夜なにがあったのかを思い出した。

「……強姦されたんだっけ」

媚薬と媚毒に負けて、抵抗もできず何度も達したことや、央太に入れられてよがったことが蘇る。信じたくないが、あれは現実だった。それを認めると、羞恥で顔が熱くなる。

真耶はベッドを降り、ボタンをむしるようにしてパジャマを脱いだ。部屋の隅に、真耶の着ていたスーツがかけてある。急いでそれを着ると、その下に置いてあった鞄を荒々しく摑んで、足早に寝室を出た。

寝室の隣はリビングとダイニングで、央太はそこにいた。テーブルに朝食を並べながら、

「あれ、兄さまおはよう。ご飯できてるよ？」

と、優しく声をかけてくる。

真耶は央太を睨んだ。エプロンをかけた央太は、真耶に睨まれると、さすがに固まった。しばらく沈黙したあと、央太は「兄さま……その、ごめんね」と、言った。

「――反省してるって？」

我ながら、氷のように冷たい声が出た。軽蔑しながら無言で睨むと、央太は数秒黙り、やがて観念したようにため息をついた。

「……ごめん。それは、あんまりしてない。だって抱きたくて抱いたし」

「強姦しといて言うことか⁉」

真耶はカッとなって罵ったが、央太には効果がなかった。

「でも……真耶兄さまは、自分にはあんまり興味ないでしょ。だから本当は、そんなに怒ってないし……なんていうか、傷ついてないいんじゃない？」

少し困った顔でそう言われて、真耶は心底腹が立った。央太の言い草は、あまりに身勝手すぎないかと思う。

だがその言葉は図星だった。強姦されて傷ついたかというと、傷ついてはいない。ただ行為の最中の、央太の態度に腹が立っていた。好き勝手にされたこと、自由を奪われたこと、騙されて媚薬を飲まされていたことや、好きにならなくてもいいから体だけ、という言い分も横暴だ。

「とりあえず、ご飯食べよ。体、大丈夫？」

優しい声で、近寄ってきた央太が真耶の腰に手を当てる。エスコートするように促された瞬間、怒りがこみあげ、真耶の内側で爆発した。

「……っ」

気がつくと、真耶は央太の頰を、思いっきり拳で殴りつけていた。央太はよろめき、頰をおさえて、真耶を見る。その顔が、思ったよりも驚いていないことに、真耶は腹が立った。なぜあんなことをしておいて、平然とできるのだと思う。

「殺されなかっただけマシだと思え！　二度と顔も見たくない」

吐き捨てるように言い、リビングを出る。玄関で靴を履いていると、央太が追いかけてくる。

「落ち着いて。もうしないよ。ただ試したかっただけ。抱いたら、兄さまがどんな反応するか――」

背後で言う央太に、真耶は靴紐（くつひも）を結ぶ手を止めていた。

――試したかった？

一体なにを試されたのか、真耶には分からなかった。試すために、真耶の信頼を裏切ったのかと思うと、ひどく悔しい。気がつくと靴を放り出して、振り返っていた。

「試すってなにをだ？」

後ろにいた央太が、真耶に睨まれて、気圧(けお)されたように背筋を伸ばす。真耶は央太の襟ぐりを乱暴に摑(つか)み、ぐいっと力任せに引き寄せた。真耶に殴られて、頬を赤く腫らした央太が、息を呑む気配がある。

「八年前にお前の告白を聞いても、ろくに返事もしなかった……それを恨んでたから、あんなことしたのか……っ？」

怒りと悔しさで、声が震えた。央太は悲しそうに真耶を見下ろしている。長い指が、真耶の手に重なり、優しく撫でた。昨夜の愛撫が全身に蘇り、真耶は頬を熱くした。甘やかな記憶として、愛撫を思い出す自分にも腹が立つ。

「……恨んでないよ。抱いたのは、好きだから。……今も愛してるからだよ」

目眩がした。好きだから強姦していい理由などない。もう一度殴ってやろうかと思ったが、央太は「ごめんね」と、慰めるように続けた。

「どうやったら、振り向いてくれるか分からないんだ。……どうやったら、兄さまが僕を、好きになってくれるか。ううん、好きになってもいいって、認めてくれるか。——小さな央太のときから、ずっと考えてる」

僕を忘れないでほしいんだ、と央太は呻いた。

「兄さまを抱いたら、なにか変わるかと思った。普通に話しても、好きだって言っても、驚かせても、兄さまは、本音を言わないし。——でも、もう無理に抱いたりしない」

きっぱりと言う央太が、真耶を見つめて、触れていた手を握ってくる。

「兄さま、べつに吐かなかったよね？　気持ち良くなってた……。いくら媚薬を使ってもさ、本当にいやなら今ごろ、嘔吐してる。……でも吐いてない。だから、本音の本音では、僕とするセックス、いやじゃなかったんだよ。それが分かったから、もういい」

　真耶は言われたことが信じられずに、疑いをこめて央太を見つめた。

（なに？　なんだって？）

——吐いてない。だから真耶は央太とのセックスが、いやではなかった。それを知るために抱いた？　央太はそう言いたいのか？

　眼の前にいる央太の理屈が、まったく理解できなかった。乱暴すぎる結論に、恐怖さえ感じる。それなのに央太の赤い瞳は静かで、悲しげで、ちっとも狂っているようには見えない。

　変だよね、と、央太は真耶の視線を受けて、自嘲するように呟き、小さく嗤った。

「僕、おかしいよね。そのために抱いたなんて……でも、兄さまにも知ってほしかった。体は愛されることを、拒んでいないって」

　央太の言葉のなにを信じればいいのか分からずに、真耶は混乱する。央太は苦しそうに、言葉を接ぐ。

「……ただ、知りたいんだよ。兄さまが、僕を受け入れない理由。なんにも不都合はないはず。兄さまには僕じゃなきゃダメで、僕には兄さまじゃなきゃダメなはず。僕以上に兄さまを好きな人間はいない。僕だけが知ってるんだ。兄さまが、見えない星だって——」

　真耶は息を止めた。

　見えない星という言葉に、胸が突き刺された気がした。誰にも知られないように隠してある秘密の一部を、引きずり出されたような、言いようのない怖さを感じる。央太は苦しそうに、真剣に真耶を見つめている。真耶の中に答えを探すような眼だった。

「……憧れや、羨望や……心配や不安。みんな兄さまを好きなように見る。でも違う。本当の兄さまは、一人きりのとき……何者でもない。どんなに想われても虚ろで、ちっとも、誰かから愛されることを、期待してない……」

　赤い眼が潤み、揺れている。憐れみをにじませて、央太は「僕でもいいはずだよ」と言う。

「僕でいいはずだよ。兄さまのこと、僕が愛していいはず。愛させてほしい。僕の気持ちを受け取れない理由は？　なにが邪魔してるの？　僕を近くに置いていたのは、僕でいいからじゃないの？」

　真耶は視界がぐらぐらと揺れている気がした。

「兄さまには僕が必要で、兄さまは僕から必要とされたかった。違う？　だから大事にしてくれた。だから時々突き放した。そうじゃないの？　……フランスにいる間、ずっと考えてた。パティシエになったら返事をするなんて、曖昧に引き留めたのは……理由があるはず。兄さまに限って、ただの言葉の綾だってことはありえない」

央太は断定した。赤い瞳が真耶の眼を射貫くように見ている。真耶は心臓がいやな音をたてるのを感じた。央太の襟ぐりを放し、離れようとする。だがその瞬間に、手首をきつく摑まれる。

「放せ」

声がかすれ、震えている。央太はいやだ、と拒んだ。

「傷つけたいわけじゃない。ただ、そばに置いてほしい。愛したいだけだよ」

央太の言い分は勝手だ。けれど次々と重ねられる熱っぽい言葉に息が詰まり、真耶は怒ることもできずに、ただ怯えた。こんなにも強く、愛を囁く央太が怖い。

「僕を好きじゃなくてもいい。嫌いじゃないなら、一度受けとめて、考えてほしいんだ」

好きなんだ。好きなんだよ、と央太は繰り返す。真耶は耐えられず、央太を突き飛ばしていた。

「好きなんて、勘違いだ。なんでお前が……僕じゃなきゃダメだって言えるんだ？」

押し寄せてくる得体の知れない恐怖に、つい早口になる。

「そんなわけないだろう、お前は……僕とは違う。お前は……結局」

──結局、望まれたように生まれ直したんじゃないか。

思いがけずこぼれた言葉に、真耶はハッとして口をつぐんだ。今自分は、なにを言った？

央太は驚いた顔で、真耶を見つめている。真耶は急いで踵を返した。これ以上話したら、なにかもっと、言ってはいけない言葉までこぼれてしまいそうだ。そう考えると、怖くなり、央太がなにか言うのも無視して、玄関を飛び出した。

足早にエレベーターホールに向かい、地下の駐車場まで下りて、自分の車に乗り込む。まるで自分で言った言葉から、逃げ出すかのような気持ちだ。

――結局お前は、望まれたように生まれ直したんじゃないか。

僕とは違う。僕は……いらない子どもだった――。

一度でエンジンがかからない。舌打ちし、くそ、とこぼす。

その瞬間、涙がこみあげそうになり、真耶は奥歯を嚙みしめた。

頭がガンガンと痛む。

――好きです。真耶兄さま。真耶兄さまが、ずっと好きなんだ。

泣きながら言っていた、八年前の央太の可愛い声が、耳の奥に蘇る。

――でも、お前は突然変異するんだろう？

告白されたとき、そう思った。

央太はスジボソヤマキチョウから、ツマベニチョウになる。両親が望んだとおりに生ま

れ直せるのなら――央太はもう、真耶とは違う。空の片隅で、隠れている真耶の元には、たとえ流れ星になっても、落ちてはこない。やがては空の中心で、他の星々と同じように光り輝き、誰かと愛し合う、「普通」を手に入れるだろう。

（ああ……ああ……ああ……いやだ）

真耶はハンドルを叩いた。苦しくなって、顔をうつむける。

思い出さないように蓋をしてきた気持ちが、後から後からとめどなく溢れてくる。それをもう止められない。

真耶兄さまと呼んでまとわりついてきた、小さな央太が、うっとうしく、煩わしく……けれどそのあけすけな弱さが羨ましく、かわいそうで、可愛かった。ハイクラスとして生まれ、恵まれた家で育てられ、愛情だってかけられている。それなのに空虚で、なにひとつ持っていない。親から期待もされていない。生まれてきたのに、いらない命なのだという央太に、真耶はいつしか自分を重ねていた。

――僕と央太は似ている。

そう思っていた。

央太のことは、自分を見るようで憐れであり、自分を見るようで疎ましくもあった。

愛おしいのと同じくらい、煩わしく重たかった。

央太に対してだけ、真耶はいつも複雑な感情を抱いていた。自分の足で立てと言い続けたのは、自分への言葉でもあった。

それなのに、いざ央太が自由を手に、自分の夢を持ったとき――それは央太が十八歳で、パティシエになると決めたときのことだ。良かったと思うのと同時に、央太と自分は違うのだと、初めて思い知らされた気がした。真耶には自分の夢などなく、ただ決められた役目のために生きることしか、思いつかなかった。

それまでは、もしかしたら央太も、真耶と同じようにどこか人に見えない空の片隅で、一人でいる星かもしれないと、期待していた。けれどそうではない。央太は人を愛せるし、この先誰かと寄り添うこともできるだろう。愛する人を見つけ、ごく普通の生活の営みの中に生きて、多くの星々と同じように、光り輝くことができる――。

央太をフランスに見送るときも、心の奥でその可能性を感じていた。いずれ央太は、真耶とは似ても似つかぬ星になると。

けれどそれでも……今はまだ大丈夫。もう少し、大丈夫。央太はまだ自分と同じで、誰からも見えない星だと、そう思う気持ちが無意識に残っていた。

そして二年後、突然変異するという連絡を受けた。ツマベニチョウになれば、央太は真耶と似ているところなどなにひとつなくなると分かった。そのことに、真耶は驚くほど動揺した。

いつか来るかもしれないと思っていた央太との離別を、突然変異という現象でいきなり突きつけられて、真耶は自分でも思いがけないほどの、衝撃を受けたのだった。

小さな央太のままなら、たとえいつか央太が、真耶のもとを離れていっても、その現実から眼を逸らすことができる。央太が真耶以外の誰かと愛し合ったところで、それが永遠という保証もないのなら、いずれ流れ星のように、央太はまた真耶のところまで落ちてくるかもしれないと、そう思える。

けれど親に望まれたとおり生まれ直した央太は、「いらない子ども」ではない。もう央太は、真耶とは全然違う人間だった。

どんなに眼を背けても、その姿を見ただけで、そのことを思い知らされるだろう。それが怖かった。央太に置いて行かれるようで、ただ、怖かった。

(だからずっと、知らないふりをしていた……)

気付かないようにしていた。央太がどんなふうに変わったのか、あえて見ないようにし続けた。そして央太からの告白をはぐらかし、パティシエになったら返事をするなんて嘘をついた。そう言っておくことで、央太の心の欠片(かけら)を、真耶のところへ残しておきたかった。

ただ気を惹(ひ)いていたかった。そうすれば、そうすれば——。

(僕は一人ぼっちじゃないから……)

フランスに行った央太が、まだ小さいままで、いつまでも床を磨いていて、いつまでも見習いで、いつまでもいつまでも……自分一人で立てなかった、あの央太のままだったら。

真耶のことを、今もまだ、昔のように慕ってくれているなら。

真耶は一人にならずにすむ。

この世界に、生きている意味がないと思っている、そんな人間が自分の他にもいると、そう思える。

（一人が平気なんて、嘘じゃないか……）

淋しがっていたじゃないか。孤独が、辛かったんじゃないか。

だから央太の告白を利用した……。

なんて自分勝手で、ひどい考えだろうか。

己の身勝手さに嫌悪が走る。こぼれそうになった涙を耐えて、真耶は受け入れた。

——僕は正しくなかった。

母の望んでいた、高潔な人間ではなかった。

人を愛せない、孤独で、弱くて、欠けた星。それが自分で、そんな星は自分だけだと、他に仲間はいないと、真耶はとうとう受け入れるしかなかった。

七

「匂い消しの薬をくれ」

朝の八時半。まだ受付時間前の病院に裏口から入ると、真耶(まや)は土曜の朝には澄也(すみや)が必ずいる診察室へ向かった。開院前の準備をしていた澄也は、入ってきた真耶を見るとぎょっとしたが、すぐに事態を察したらしい。なにも言わずにカルテを作り始める澄也の机に、真耶は保険証を置いた。

「……白木(しらき)か」

匂いですぐに分かったのだろう、澄也はそう訊いてくる。真耶の体には、甘ったるい花のような匂いが、濃厚にまとわりついていた。央太(おうた)の香りだった。セックスをすると匂いが相手にうつるのは、ムシを起源にした人間の厄介な特性だ。真耶は答えず、黙って向かいの椅子に腰掛けた。処方箋を作りながら、澄也はため息をつく。やがて診察室のプリンターから、処方箋が印刷されて出てきた。

七雲(なぐも)病院の土曜は予約診療だけだ。院内は静かで、時々看護師か患者の足音が響く。処方箋を手にとった澄也は、手早く中身を確認したが、真耶に渡そうとはせず、机の上に置いてしまった。

「ちゃんと話し合ったのか」

真耶は余計なお世話だと苛つき、澄也を睨んだ。

「いいから処方箋をくれ」

澄也は真耶の言葉を無視して「好きだと言われたんだろう」と、続けた。真耶は勿体ぶった澄也の態度に、我慢できなくなった。

「分かってるなら、なにも聞かなくていいだろ。さっさと薬を出してくれ」

澄也は眉をひそめて、「真耶」と、窘めるような声を出した。

「白木は遊びでお前を好きだと言うやつじゃない。もちろん、普段周りにいるような、奴隷志願の連中とも違う。セックスがどういうものだったかは聞かないが……白木がお前を好きだというなら、少し考えてみたらどうだ」

澄也の勝手な物言いに、なんだそれは、と真耶は腹が立った。だが同時に、澄也は、八年前に央太に告白され——以来真耶がずっと無視していたことを、知っているのだろう……と気がついた。

央太の一番の親友は、澄也の伴侶、翼だ。この八年の間に、翼からなにかしら聞いているのかもしれない。真耶と付き合いが長い澄也なら、翼が気付かなかったことにも気付く可能性も十分にある。でなければ、普段はプライベートに踏み込まないこの男が、口を挟んでくるはずがなかった。

「お前もべつに、白木が嫌いなわけじゃないなら、少し考えてもいいだろう」

「なにそれ？　なんでそんな言い方されないといけないのかな。嫌いじゃないけど好きじゃないし、今回の件でむしろ嫌いになりそうだよ」

切って捨てるように言うと、澄也は数秒、だだっ子でも見るような眼をした。

「お前の性格からすると、抱かれてまだ嫌いになってないなら、十分好きの範囲だ」

「無理やり抱いて翼くんを手に入れた男はさすが、言うことが違うね。参考になるよ」

真耶は即座に言い返した。もとが寡黙な澄也は弁が立つほうではない。またしばらく黙って、なにを言うか考えている。

「……受け入れる余地がまったくないなら、八年前……お前だってもっと完璧に、白木を拒んでいたはずだろう？」

真耶は澄也の言葉に、ぐっと息を詰めた。やはり知られている。

「……央太から訊いたわけ？　八年前のこと」

澄也はため息まじりに、そうなるかもな、と肯定した。

「白木が突然変異で苦しんでたとき、翼が見舞いに行こうかと訊いたんだ。白木はそれを断った。お前と約束したから、一人で耐えると……」

澄也はそのときのことを思い出したように、苦い顔になる。

「俺は医者だから、突然変異患者の苦しさは知っている。とても一人で耐えられるようなものじゃない。だがそれよりも、白木にはお前との約束のほうが大事だった」

――これくらい一人で耐えないと、真耶兄さまは返事くれなくなっちゃう。

央太はそう言っていたと、澄也は心配する翼に聞いたという。そのときに、央太が真耶に告白したことも知ったらしい。真耶は呆然とした。ならば八年も前から、翼と澄也は央太と真耶になにがあったのか、知っていたということになる。隠していた自分が滑稽に思えて、真耶は顔を赤らめた。恥ずかしく、情けなく、みじめな気分だった。

「白木のなにがダメなんだ。……それとも、ダメなのはお前のほうなのか？　真耶」

――お前の中に、白木を受け入れられない理由があるのか。

澄也ははっきりとは言わなかったが、そう訊かれたのだと真耶は分かった。

探るような、諭すような澄也の声音に、胃が痛む気がした。真耶は立ち上がると、澄也から処方箋を奪った。これ以上、話をしたくなかった。

「このこと、誰かに言ったら刺し殺すから」

鋭い殺気をこめて言い渡し、足早に診察室を出る。

停めていた車に着くと、院外の薬局が開くまで、イライラしながら車中で待った。

携帯電話が鞄の中で振動し、見ると、央太からの着信だった。けれど真耶はそれを無視した。メールも届いたが、見なかった。

ようやく薬をもらうと、自動販売機で水を買って飲む。一時間、車中でラジオを聴くともなしに聴いてから、家に戻った。

　薬が効いたのか、香りはしなくなった。だが鼻が慣れている可能性もある。真耶は怖々家に入った。玄関先に出迎えた菊江がなんの反応も示さないので、央太の匂いは消えたのだろうと、真耶は胸を撫で下ろした。

　すると寝間着にガウンを引っかけた姿で通りがかった姉が、新聞片手に真耶を見つけ、興味津々という顔で眼を細めた。

「やだ、朝帰り？　なにがあったのよ」

「……職場の懇親会で酒を飲んでしまったので、近くのホテルに泊まっただけです」

　考えてあった言い訳をする。姉はあっさり「ふーん」と引き下がった。聡い姉にも気付かれないので、やはり匂いは消えたようだ。と、姉の手に握られているのが、新聞だけではないことに真耶は気付いた。菊江に鞄を渡しながら「姉さん、それ、預かりますよ」と声をかける。

　姉が持っていたのは、家の資産に関する書状だ。顧問会計士や弁護士、司法書士などから定期的にくる書簡である。いつもなら、真耶が確認して処理していた。

「ああ、これ、もういいわ。あたしがやっとく。そろそろ当主の仕事も始めないと、結婚式やらなんやらでばたついたあとからしたんじゃ、疲れちゃうからね」

「……。そうですか」

たぶん、姉には造作もないことだ。読めばすぐに内容を理解するだろう。真耶はこの二十年の、家に関する仕事を分厚いファイルにまとめたが、ゆうに千頁はありそうなそれを、姉は一晩で読破した。それになにがどうなっているかは、家付きの弁護士がほとんど把握している。

なるほど、とうとう本当にお役ご免なのだな——と、思うと、胸の奥に隙間風が吹いている気がした。空っぽの自分の中に、微かに残っていたものが消えていく感覚だった。

「部屋もね、あんた自分じゃ決められないみたいだから、こっちで手配しといていい？」

「……なにかいい物件がありましたか」

靴を脱いで、あがりかまちに足をかける。訊ねると、「アテはある」と姉が言うので、真耶は「じゃあ、そこでいいです」と無関心に答えた。姉が勧めるということは、家にとっても都合のいい場所ということだ。ならばそれに従えばいい。なによりも今、真耶は無性に疲れていて、早く一人になりたかった。

引っ越しの日が決まったら教えるわねと言って、姉は居間のほうへ去っていった。頭も体も水を含んだように重い。

菊江に、少し寝不足だから休むと告げて、階段の手すりに手をかける。そのとき、

「坊ちゃま。コートをお忘れになりましたか?」

と、訊かれて真耶はハッとした。央太の家に、置いてきてしまっていた。

「ああ……うん、職場だ」

適当に言ってから、足早に階段をのぼり、部屋に入る。スーツのままベッドにうつぶせになると、真耶は細く息を吐き出し、疲れきった心を落ち着かせるように、じっとしていた。携帯電話が、鞄の中でまた震えている。央太だろうな、と思いながら、真耶は眼を閉じた。

気がつくともう怒りはなく、ただ静かな悲しみと、痛いような切なさが喉を締め付けていた。この悲しみはなんだろう、と真耶は思う。自分が正しくなかったことを、知ってしまったせい? それとも、一人ぼっちでいることを、今さらのように憂えているのだろうか——?

考えても、真耶に答えは分からなかった。

——僕を好きじゃなくてもいい。嫌いじゃないなら、一度受けとめて。

ふと、央太の訴えが蘇る。それにつられて、「白木がお前を好きだというなら、少し考えてみたらどうだ」と言った、澄也の言葉も思い出された。

(勝手なことばっかり、言ってくれるよ……)

真耶は唇を噛んだ。

ごろりと仰向けになると、白い天井には、カーテンの隙間から差し込む秋の陽射しが映っていた。庭の木々の木漏れ日を通し、その陽射しはゆらゆらと揺れている。

「……僕になにか、欠けているのが、ダメなのかもな……」

欠けていなければ、央太の気持ちを受け入れられるのだろう。

そうして央太に愛されて、愛して、幸せを摑めるのかもしれない。夜空の中心で、光る星にもなれるのかもしれない。そうすれば、星々の群れに、普通の人の営みに、愛したり、愛されたりする生き方に、混ざることもできただろうか……。

……そういえば央太も、似たようなことを言っていたっけ、と真耶は思った。

——僕は星の群れに混ざっとくよ。

人の輪の中に戻っていくとき、そう言っていた。二十年を越える付き合いのどこかで、真耶は星の話をしただろうか？　央太はそれを覚えていて、あんなふうに言ったのか。

しばらく考えたものの、やがてもういいか、と真耶は考えるのを止めて、眼をつむった。

昨夜から心が揺さぶられつづけて、もう疲れ果ててしまった。自分は正しくないことをしたし、央太のことはどうしていいか分からない。それでも今は自分の過ちを受け入れるのに精一杯で、央太のことまで考える余裕などなかった。どのみち、自分は最初からなにか欠けていて——央太を愛したり、愛されたりできないのだから。

考えるだけ無駄だと、真耶は思った。

『許してください。話をさせて』『会いに行っていい?』『傷つけたいわけじゃないよ』『土下座したら、会ってくれる?』『好きです。それだけだから、話を聞いて』

央太からはそんなメールが、一日に何通も届いた。

真耶は返事ができず、放っておくしかなかった。そのうち連絡は来なくなるだろうと高をくくっていたのだが、まったくそんな気配はなく、日がな一日、真耶の電話は鳴りっぱなしだった。

それでもなお、真耶は返事ができなかった。

許すも許さないもなかった。真耶は怒っているわけではなかったし、央太と話したいこともなかった。

できることならそっとしておいて、そして央太には忘れてほしかった。

(僕を好きでいても……なにもいいことなんてないんだから、無視してでも、諦めてもらったほうがきっといい……)

真耶は自分にそう言い聞かせたが、本当はどうしていいのか分からないだけだった。

央太に見限られたいのに、二度とメールが届かないよう、連絡先を拒否リストに入れることもできない。わざときついことを言って、拒むこともできず、なにが正解か分からないまま、宙ぶらりんな状態が三日も続いた。

　メールを無視して四日めの水曜日、職場から家に帰ると、玄関先に、ルノートル・パリの空の紙袋が丁寧にたたんで置いてあった。

「央太くんが持ってきてくれたのよ、差し入れだって。あんたも好きなクッキー、今ばあやが台所に持って行ったとこ」

　珍しく早い時間に家にいた寧々が居間から顔を出し、ご機嫌な様子で言った。

「テレビで見るよりいい男になってたじゃない。ばあやなんて紙袋受けとるだけでぽーっとしちゃって」

　さっきまで央太がいたらしい。家の中には、甘い香りが残っていて、それを嗅ぐと落ち着かなくなる。

「あんたにも会ってけば、って言ったけど、仕事があるからって帰っちゃった」

　姉にあっけらかんと言われて、真耶はそうですか、と素っ気なく答えた。央太はきっと、真耶と顔を合わせないようにしたのだろう。家まで押しかけたことを、さすがに真耶は怒ると思ったのかもしれない。

　央太の菓子を食べる気になれずに、真耶は部屋に引きこもった。しかし持ち帰りの仕事をこなしていると、菊江がナイトティーと一緒に、焼き菓子を持ってきてくれた。

　それはハチの形の、大きなクッキーだった。

「さっきいらした、いけめんの、ぱてしえさんの差し入れですよ。ちょっとご挨拶しただけで、すぐに帰ってしまわれて」

菊江は真耶の机に菓子と紅茶を並べながら教えてくれた。

真耶は思わず、小さく笑った。

――ばあや、気付かなかったんだね。そのいけめんのぱてしえが、央太だよ。

そう言おうか迷ったが、結局その言葉は喉の奥で固まって、出てこなかった。どうしてか、悲しい気持ちが胸に湧いてきて、真耶は仕事の手を止めて黙っていた。湯気をたてる紅茶と、美味しそうなクッキーを見つめる。

「央太さんと、同じですねえ、これ」

と、菊江が言うので、真耶は顔をあげた。問うように見つめると、焼き菓子ですよ、と菊江は答えた。

「むかあし、坊ちゃまがまだお小さかったころ、央太さんがこんなような、ハチの形のクッキーを……作ってきてくださったでしょう」

言われて初めて、記憶の片隅から、ぼやけた映像が蘇った。まだ六歳だった央太。通学バスの中で渡されたレース柄のペーパーナプキンの中に、かわいいハチの形のクッキーが、数枚入っていた。

……いつもたすけてくれるから。

母親に習いながら、初めて一人で焼き上げたと、隣に座る央太が一生懸命言っていたのを、ふっと思い出す。星北学園の、初等部の制服姿。央太は頰をまっ赤に紅潮させ、緊張していた。

——バスの中で、食べ物を出すなんて。学校はおやつの持ち込みは禁止だぞ。

そう言うこともできた。そのほうが、「正しい」。けれど、央太の大きな眼いっぱいに映っているのは、「もらってくれるかな？　大丈夫かな？　喜んでくれるかな？」という不安で、真耶はそれに気付くと、突き返すことなどできなかった。

真耶はあのとき、央太の気持ちを受け取りたかった。

だから受け取って、ありがとうと言ったし、翌日は美味しかったよとも——伝えた。そのときの央太の嬉しそうな顔が、今になって瞼の裏に蘇ってくる。

……一人でぜんぶできたの、初めてなんだ。

真耶兄さまのためだと思ったら、力が出たの。そう恥ずかしそうに言っていた姿が、脳裏に浮かんでは、泡のように儚く消えた。

ああそうだ、と菊江は思い出したようにエプロンのポケットから、洋封筒を一枚、取り出した。

「いけめんの、ぱてしえさんから、お言付けです」

封筒を置いて、菊江は立ち去った。真耶はしばらくじっとしていたが、封筒を取り上げ、中を見る。カードが一枚入っていて、央太のきれいな字で短いメッセージが書かれていた。

『話がしたいです』

（……本当にマメだね、央太は）

央太はどんなときでも、差し入れの菓子にカードを添えるのだ。いつからだっけ、と真耶は思う。

ハチのクッキーを手にとって、しばらく悩んだが、思い切って一口、食べる。それは優しい味だった。さくさくとしていて、甘さもちょうどよかった。形も美しい。

きっと初めてのクッキーは、これより歪だったろうし、これより美味しくもなかっただろう。けれど、あのときと同じ味のような気がすると、真耶は思った。「あのときの味」など、まるで覚えていないのに、そう感じる。

これを焼いている間は、昔の小さな央太も、今の央太も、ただ真耶のことを考えていただろう。そう思う。すると深い悲しみが、胸の内に押し寄せてきて、真耶はうつむいた。

（僕は――……あんなふうに無理やり抱くほど、央太がなにを思い詰めているのか、よく分からない。でもそれは、昔からそうだった）

不意に、そんなことを感じた。

真耶は無意識に立ち上がり、書棚の下の段に据え付けられた戸を開ける。アンティークの家具は、扉一つですら重たい。しばらく開けていなかったせいで、中からは埃っぽい、黴びた匂いがした。そこには古びた、クッキーの缶が入っている。

それは外国のクッキー缶で、模様が美しく、大きさも大型本くらいあった。うっすらと埃をかぶり、あちこち錆びたその缶をゆっくり開けると、中には色あせたカードが、何枚も入っていた。遠い昔にもらった、央太からのカードだ。

カードには「たべてね」とか「いつもありがと」などの文面が、拙い子どもの字で並んでいる。一番下までいくと、黄ばんで傷んだ、画用紙を丸く切っただけの手作りのカードが出てきて、そこには、

「だいすき」

とだけ、大きさの不揃いなひらがなで、書かれていた。

床に座り込み、じっと手元のカードを見つめた。

真耶のために画用紙を切って、だいすきと書いてくれた幼い央太のことを、真耶は思った。この言葉を書いていたとき、央太はどんなことを考えていたのだろう。真耶はそれをまるで知らなかった。

（僕は……バスの中で、央太の初めての菓子を、受け取っていいかどうかは考えた。でも、だいすきの言葉は聞き流して……忘れてたっけ）

央太と出会ったときにはもう、真耶は自分がいらない子どもだと知っていた。

だからどれほど央太に甘い言葉を投げかけられても、まともに受け取らなかった。

今の央太は真耶を大好きかもしれないが、それは「今の気持ち」であって、未来永劫変わらない気持ちではないと、いつもどこかで思っていた。そしてそのことで、思い悩んだり、期待しないようにしていた。一方で、央太に自分を重ねて、安心していたのに――央太が自分に向ける気持ちには、無頓着だった。

バスの中で、クッキーを手渡した央太の気持ちも、いつもついてきた央太の気持ちも、真耶はよく知らない。フランスに行く前、行ったあとの央太のことも、突然変異したあとの気持ちも、考えたことがない。八年間、どんなふうに央太がフランスで日常を過ごし、生きていたか。自分を無理やり抱いた央太のことも、もう一度話したいと言っている、今の央太の気持ちも、やはり知らない。

そもそもそんなことは、知らなくて良かった。

たとえ知ったとしても、真耶には関係がなかった。真耶にとって誰かの好意や期待は、あるいは憎しみさえも、通りすがりの光で、すぐになくなるものだった。央太から向けられる気持ちも同じ。「いずれなくなるもの」と思っていた。

だが、初めてクッキーをもらってから二十二年。央太は今もまだ、真耶を好きだと言う。好きだから、無理やり抱いたと言う。

それはおかしいと思う。勝手だと思う。けれど好きだから無理に抱いたことと、素直な好意を二十二年無視することの、一体どちらが勝手なのだろう？　どちらがおかしく、ひ

どいのだろうか？

黄ばんだ画用紙は、指で撫でると縁がでこぼことしていた。幼い央太が一人で、はさみと格闘している不器用な姿が、想像できた。小さくて可愛かった央太。何度も真耶に、好きだと言ってくれた、小さな央太のことが、瞼の裏に蘇る。

（かわいそうなこと……したのかもしれない）

真耶はそう認めていた。愛せないからといって、央太の好意をぞんざいに扱ったのは、正しくはなかった。

かつて、真耶は央太に自分を重ねていたけれど、今なら分かる。央太と自分は、はじめからちっとも似ていなかった。

真耶は空っぽでも、央太は空っぽではなかった。

小さなときから、央太の中には愛があった。その愛で央太は真耶にクッキーを焼き、カードを作って、拙い字で、『だいすき』という想いを、必死に伝えようとしてくれた。

受け取らなかったのは自分で、それは真耶の、勝手な都合だ。

真耶は缶いっぱいに詰まったカードを見る。優しい愛の言葉ばかりが、央太のカードからは溢れている。

古びたクッキー缶にかぶった薄い埃の膜を指でなぞると、埃は年月とともに湿り気と油分を帯びていて、真耶の指に絡まった。

母ならこんなとき、どうしろと言うだろう？

胸ポケットを見下ろすと、万年筆が差してある。幼いころ、母がいつも仕事で使っていたそれを——真耶は誰にも聞かずに、勝手に遺品箱から見つけだして、手元に置いた。いつも正しくあるための、それは小さなお守りだった。

真耶は缶を棚にしまうと、机に戻って携帯電話を取りあげた。

央太からのメールは、数時間前のものが最後だ。ごめんなさい、と書かれたそれに、真耶は一つ深呼吸してから、返信ボタンを押した。

好かれても、なにも返せない。けれど、向き合おう。

『話をしましょう。いつが空いてますか』

短い文章を作り、数秒悩んでから送る。

返事は、一分と経たずに返ってきた。


話をすると言ったものの、もう央太の部屋に行くのはいやだった。なので店を選んでもらい、真耶は月曜の仕事が終わったあとに、電車で指定された店に向かった。車を避けたのは、都心の店は駐車場に困るからだ。

その日は朝から曇り空で、夜になっても雲は厚く垂れ込めていた。天気予報では曇りだと報じていたが、今にも降り出しそうな気配だった。

央太が予約してくれた店は、星北学園の最寄り駅から電車一本で行ける場所にあった。大通りから一本入って落ち着いた通りにある、カジュアルなイタリアン・バルだ。「白木」の名を告げると、奥にある個室に通された。

約束は七時で、真耶は時間ぴったりに店へ入ったが、案内された個室では既に央太が待っていた。

入り口に真耶が立つと、央太はパッと飛び上がるように腰をあげ、それから、顔いっぱいに安堵の表情を浮かべた。

……来てくれたんだ。

口に出さなくても、その声が聞こえたように感じる。赤い瞳にきらめいているのは、薄暗い店内の、橙色（だいだいいろ）の照明ばかりではなく、縋るような、願うような色のせい。それが思慕だと気がついて、真耶はぎゅっと、喉が狭まるように緊張した。

央太の部屋にコートを忘れてきたので、真耶は今、学生時代の古いコートを着ていた。それを見て、央太はなにか言いたそうにした。

「ごめん、コート……あの日……」

そこまで口にしてから、央太はそれ以上言っても仕方がないと思ったのか黙った。真耶も黙っていた。やがて央太のほうから、「飲み物、なに頼む？」と話を変える。真耶は央

太の向かいに座り、

「コーヒーがあればそれで」

と、言った。ゆっくり食事をするつもりも、酒を飲む気ももちろんない。央太は「あ、じゃあ、僕だけ軽くつまむね」と言って、コーヒーを二つと、前菜の小皿を二つほど頼んだ。なにも頼まないのは、店に悪いと思ったのだろう。

店員が立ち去ると、沈黙が落ちた。

央太がなにを言おうか迷ったような顔をしたが――真耶は先に、口を開いた。

「お前の考えを聞きに来ただけだから」

央太が驚いたように眼をしばたたくのが見えた。真耶はなるべく冷静に、いつもどおり話せるように、わずかに息を吸い込んだ。

「……なにを聞いても、僕の考えは変わらない。ただ……お前の言い分を一度も、きちんと聞いたことがないから……」

央太は「そっか」と呟き、真耶の気持ちを理解しているように頷いた。

「でも、こうやって聞いてくれるだけでも、いつもの真耶兄さまにはないことだよね。……嬉しいよ」

優しい声でしみじみと言われる。その声音から伝わる思いやりを受けとめきれず、真耶は小さく咳をした。

「……それで？」

じっと見ると、央太は真耶の眼を見つめ返し、テーブルについた両手を組んで、「うーん」と言いながら、しばらく指を動かしていた。

「……ごめんなさい。できれば……僕を許してほしい」

「勝手に抱いたことをか？」

眼を細めて問う。さすがに許すことはできない。央太は真耶の気持ちを察しているように小さく笑った。

「ううん。だって直後に言ってるもんね。あんまり後悔してないって。それなのに、無理に抱いてごめんなさいって言われても、真耶兄さまだって口先だけって思うでしょ？」

そう。だから真耶は軽蔑の眼を向けたのだ。央太は分かっている。なんでも分かっている――央太はたぶん、真耶の思考の癖を知っていると、真耶は思った。

「謝りたいのは、そのあとのこと。……兄さま言ったよね。僕は、望まれたように生まれ直した……って。僕は、ひどいことを言わせた？」

どくりと心臓が鼓動する。やっぱり央太は、あの言葉を聞き逃してはいなかった。真耶は言葉を探し、それからただ小さく、

「あれは、気にしないでほしい。僕の問題だから」

とだけ、言った。

「……お前の気持ちが、僕には分からない。——なんで僕なんだ？　……今まで、普通に他の人と、恋愛してきたんだろう……」

自分でも驚くほど、たどたどしい声だった。慣れていない、と真耶は感じた。自分のことを、他人と話すことに。それも極めてプライベートなことを話すのに、真耶は不慣れだった。やったことがないと言っていい。

央太はけれど、切迫した表情で、「他の人なんて、関係ないよ」と真耶の言葉を遮る。

「僕は、真耶兄さまと恋人になりたい。今もそう思ってる。それを知ってほしいんだ」

迷いなく言われ、真耶は央太を見ることしかできない。赤い瞳は、真耶の眼を真正面から見つめてくる。痛いくらいの視線の強さだった。

恋人って名前以外、なんにもいらない、と央太は訴えた。

「キスもセックスも、いやならしなくていい。ただ——真耶兄さまが他の誰かに触れられそうになったら、やめてって言える権利がほしい」

——触らせないでって言える、権利がほしい、と、央太は呻くように言う。

「電話をして、メールを送って、真耶兄さまを誘える権利がほしい。全部断ってくれても、出てくれなくても、返事がなくたって構わない。……ただ僕は、理由がほしいんだ。真耶兄さまのそばに、一生いられる理由が。寄り添ってもいい理由が。心配していい理由がほしい。一番好きって言っていい……その理由がほしい。真耶兄さまのそばで……一緒に遠くの星々を……眺めていられる理由」

真耶兄さまを、一人ぼっちにしないでいい、理由がほしい――。

絞り出すような声だった。赤い瞳は潤み、真耶の答えを待って健気に張り詰めている。

なにをどう言えばいいのか。真耶は答えられずに固まっていた。

そのとき、「失礼しまーす」と軽い声をかけて、店員が部屋の扉を開けた。コーヒーと前菜の皿がテーブルに運ばれ、また店員が出て行くと、室内は静まりかえり、音量の小さなＢＧＭだけが室内を満たしていた。

なにか言わねば。そう思うのに、言葉が出ずに、真耶はうつむいた。

「……わ、分からない」

気がつくと、体の中にたまっていた緊張の息と一緒に、そんな言葉が漏れていた。それが一番、正直な気持ちだった。真耶はもう一度顔をあげて央太を見つめる。央太は真耶の言葉の続きを、じっと待っているようだった。

「……分からない。お前が……どうして僕にそんなことを、思うのか。はっきり言って――僕は、僕は……つまらない人間だ」

初めて、こんな言葉を口にした。自分のことを、自分がどう思っているか。

卑屈でみじめな、弱い言葉。

けれどそれを言ったとたん、少し緊張が解けたのか、真耶の口はだんだんと滑らかになっていく。

「お前は知ってるだろうけど……僕は趣味もない。甘いものは好きだけど、お前みたいにパティスリーを巡ったりしない。誰にも言われなかったら、三百六十五日、一生涯、同じ店の同じケーキだけ食べ続けても、不満なんてない。仕事は、姉たちのおこぼれで……」

それを言うとき、少しだけ真耶は息苦しくなったけれど、腹に力を入れて言葉を続ける。

「僕は好きでやってるけど、他の人間でもできる。姉たちがやれば、僕より上手くやるだろう。恋愛にだって、関心がないし……たぶんそういう付き合いは、どれも下手だ。……僕は、ヒメスズメバチ種の、女王種の家に生まれた……男で」

だから、意味がない。

「……生まれてきた意味も」

ない——そう言いかけたとき、不意に央太が「真耶兄さま」と、強い声音で真耶の言葉を遮った。央太は厳しい眼をしていた。

「それ以上、言わないで。あなたは……僕の好きな人だ」

——あなたは僕の好きな人。

きっぱりとしたその言葉が、真耶の心にしみこんでくる。

胸の奥になにか、痛くて熱い塊がこみあげる。それを無視して、平静でいようとした。けれどできずに、だけど、と真耶は喘いだ。

「ないだろう。ないんだ。ないって言われたんだ。だから……」

十歳のときに死んだ母のことを、真耶は思い出していた。柩の中に横たわった母の死に顔は美しかった。幼い真耶は当主代理として、通夜の日からできうる限りのことをした。

震える胸の上、ポケットに差し込んだ万年筆のクリップを、真耶は指先で握った。握った指も震えている。

これは勝手に、真耶がもらったものだ。母から直接、渡されたわけではない――。

「……でもお前にはある。……お前は誰かを愛せるし、愛されもする。ちゃんと、生まれた意味も、生きてる……意味もある」

そんな人間に、愛されても困る。真耶は呟いた。

「同じものが返せない。僕は人として欠けてるから、お前みたいには愛せない――」

央太はテーブルに腕をつき、ぐっと真耶に近づいてくる。真耶はたじろぎ、思わず顔を背けた。それでも頬に、痛いほどの視線を感じた。心臓が、緊張で強く鼓動している。

「僕にとっては、兄さまの命が、自分より意味があるよ」

央太は強い口調で、そう言い切る。迷いのない言葉に、真耶は息を止めた。

「兄さまにとっての意味なんて、僕は知らないよ。ただ僕にとっては、あなたが生まれて、生きていてくれることが、大事なんだ」

央太の声は、切なく張り詰めていた。分かってほしい。お願いだから信じてほしい。そ

の気持ちが、声からも、その強い眼差しからも、透けて見えた。

胸が痛み、どうしてか頬に、血がのぼってくる。

「誰か愛さなきゃ、生きる意味がないとは、僕は思わない。だけどそう言い張るなら——兄さまに拒まれて、諦めろと言われたら、その時点でもう、僕も生きる意味を失うんだよ」

その言葉に、真耶は思わず央太を振り向いた。見つめると、迷いのない瞳に射抜かれて、真耶はもう身じろぎできなくなった。

「親兄弟を、家族だから、愛するのは普通だよね？　むしろ家族を、愛さないでいるほうが難しい。僕だって……親に腹を立ててるし、憎らしく思うときはあるけど、やっぱり愛してるから、完璧に縁を絶つほどの勇気は出ない」

でも家族以外で愛してるのは、と央太は付け足す。

「真耶兄さまだけだ。どんなふうに諦めようとしても、他の誰かを愛そうとしても、無理だよ。一番愛してるのは、真耶兄さまなんだもん」

真耶には本当に分からなかった。央太がそうまで思い込むのは、なにか愛情以外に、理由があるに違いないとさえ疑う。

「お前はただ……八年前に受け入れてもらえなかったから、それで執着してるだけじゃないのか。……お前はモテるだろう。他の相手と、簡単に付き合えたから……」

「それは多少、あるかもしれない」

央太は真耶が喘ぎ喘ぎ言った言葉を、肯定した。ため息をつき、央太は少し苦しそうな表情で、髪を掻き上げる。真耶に答えるためにか、央太は言葉を探している。けれど本当に的確な言葉が見つからないように、やがて悔しげに息をついた。

「真耶兄さまに告白を無視されたのは分かってたから、何人かと付き合ったよ。兄さまを、忘れようとしてた。みんなすぐ、僕を好きになってくれた。結婚したいって言われたし、愛されて尽くされて、その相手でもいいかと思ったことも、何度かある……」

知らない央太の過去を聞かされて、真耶の胸は小さく軋んだ。やっぱりな、と思う。央太がごく普通の、自分とは違う人生を歩めることなど――分かっていたのに、がっかりした。同時に、自分の知らない八年間、央太が他の誰かを愛そうとしたり、愛されていたことにも落ち込んでしまう。

そのときの央太がどれだけ相手に優しいか、真耶にはなぜか想像がついた。きっと付き合っている間は、他の相手などすべてかすむくらい、央太は完璧だっただろう……。

「……だけど、本当に失礼だけど、なにを言われても、冷めてる自分がいるんだ。この人が好きなのは、ツマベニチョウの僕なんだよなって……」

誰かに好きだと言われるたび、その気持ちが胸の中に湧くのだと、央太は呟いた。

「それは僕の問題で、僕の勝手だ。相手は悪くない。そう思っても冷めるものは冷める。真耶兄さまとその人たちを比べて、兄さまのほうが、やっぱり好きだって思い知る。その繰り返し。その人たちと一生一緒にいることはできても、その間僕は何度でも、真耶兄さまを思い出すだろうなって、思い知らされた」

だから無理なんだよ、と央太は囁いた。

「兄さまに……気持ちを返してもらえなくても、ただ……そばにいたい。同じだけ僕を愛することは……兄さまにはたぶん、無理だから」

言われて、真耶は眼を瞠る。央太は困ったように笑っていた。

「公平さが……真耶兄さまのいいところだから。誰か一人を愛しすぎないのも、いいところなんだよ。――同じ量の気持ちじゃなくても、僕をもし許してくれたら……受け入れてくれたら、それだけで真耶兄さまなりの……すごい愛なんだと、思える」

――真耶兄さまの、愛し方でいいよ。

そっと言われて、真耶は混乱した。そんなものはないと思う。愛など、真耶のなかにはない。言葉が出ずに、ただ首を横に振ると、央太は「聞いて」と、また真耶の眼を、じっと見つめてくる。

「子どものころのことだよ。真耶兄さまのお母さんが、亡くなったよね?」

僕、お葬式に行ったんだよ、と央太は続けた。覚えておらず、真耶は驚いて息を詰めた。

「真耶兄さまはお葬式の間中、忙しそうに動いてて、いつもみたいに毅然としてて……一度も泣かなかった。僕は、真耶兄さまはいつ泣くんだろうって心配してて……」

出棺の前に忘れ物をしてね、と央太が囁いた。

「急いで会場に戻ったら、真耶兄さま以外は誰もいなかった。兄さまは一人で、柩の中の……お母さんを見つめてた」

真耶の記憶に、母の告別式のときのことが蘇ってくる。母と二人きりになれたのは、火葬場へ出棺する前の、わずかな時間だけだった。

僕は、兄さまが泣くかなと思って、と、央太がつけ足す。

「泣くかなと思ったけど……兄さまは泣かなくて、ただお母さんに――なにか、言おうとしてるみたいだった」

真耶は体を強張らせ、思い出していた。

柩の中に横たわる、母の美しい死に顔。真耶はこれが最後のチャンスだと分かっていたから、ずっと訊けずにいたことを言おうとした。

――母さま。母さまは、僕のこと……。

それ以上、言葉は続かなかったけれど。

「兄さまは次の日も、普通に学校に来て、バスの中でもいつもどおりだった。僕は、兄さまはいつ泣くんだろう。一人のとき泣いてるのかな。そのとき誰かが、慰めてくれるのかな。そればかり気にして、ずっとずっと気にして、兄さまにくっついて、もしどこかで泣いてたら、すぐに慰めてあげたくて――でも、二年もしたとき、気付いたんだよ。……兄さまはたぶん、ずっと泣かないいんだなって」

胸が締め付けられるように痛い。真耶は黙ったまま、身動きもとれずに、央太の言葉を聞いていた。いつも後ろをついてきた央太。手を握ってとせがんできた甘えん坊の小さな央太の、不安に満ちた大きな瞳。

あのころ、央太は単に、甘えているだけだと思い込んでいた。

けれど、違っていたのか――？

いつも、真耶のことが心配でそばにいたと、そう、央太は言うのだろうか。

胸が強く拍動を打つ。真耶は苦しくなった。なにも知らなかった。央太の眼を通して見える自分を想像すると、あまりに幼く、みっともなく感じられる。

「中等部のとき、学校全体で天体観測会があったの……覚えてる？　僕が一年生。兄さまが三年生のとき」

真耶は頷けなかったが、覚えていた。それは星北学園の中等部で、毎年行われている行事だったが、真耶と央太は二学年離れているので、一緒に参加できたのは一度きりだった。

「山の上の観測所に全員で行って、説明を受けたあとは自由観測になったよね。僕は真耶兄さまを探した。兄さまは……一人ぼっちで、みんなから離れた場所で、静かに星を見てた。僕がそばに行っても、いつもの無表情だったけど……並んで見上げたとき、夏だったから、まるでこぼれ落ちてきそうなほどの天の川が見えて……」

ミルクをこぼしたようなまばゆい星の集まりを、真耶は央太と見たという。そのことは、真耶の記憶にはなかった。

「この星の中に僕らがいるとしたら、どこにいるんだろうねって、僕が言った。兄さまは、あれがお前かなって、天の川の星の一つを指さした。きれいな川の下のほうに、かろうじて引っかかってる、小さな星だった……」

兜先輩の星は？　澄也先輩の星は？

央太に訊かれて、真耶は指さしたという。兜の星は一際大きくて、澄也の星は赤かった。

「……なのに、真耶兄さまの星はって訊いたら、ここにはないなって、言うんだよ」

央太の声が、震えている。

「こんな星の群れにはないなって。どうしてって、探してよって言ったら、じゃああのへん、って、遠くの、見えないような場所、指さして」

そこには星なんか見えないのに、と言って、央太は大きな背中を震わせた。声がしわがれ、央太の瞳に涙の膜が張っているのを、真耶は見た。

「ああ――兄さまは、自分を愛してない。……僕はそう思って」

央太の眼から、たった一粒涙がこぼれる。落ちた涙は店の灯りを映して、星のようにきらめいた。

……兄さまは、自分を愛してない。

その言葉に、心の奥の、本当の自分を言い当てられたようで真耶は震えた。誰にも見せずに隠している自分の秘密が、央太の言葉で解かれていく気がした。

「……みんな真耶兄さまのことを、いろんなふうに言う。完璧で美しくて、気高くて強い人。女王様みたいに言う人もいるし、正義のヒーローみたいに言う人もいる。だけど、本当の真耶兄さまは透明な星みたいで、自分が誰なのかなんて、考えようともしない」

淋しいよ、と央太は涙声で言った。

「兄さまは、きっとこんなふうに一人で、生きて死んでいくだろうな……。誰にも知られずに、夜空の片隅に腰掛けて、星々の声を聞いて。それが淋しいとも思わずに……」

そう思ったと央太は言った。

「八年、離れている間。フランスで――誰かと一緒にいて、楽しいとき、褒められて嬉しいとき、幸福なとき、幸福であればあるほど、真耶兄さまのことを思った」

央太はもう隠しもせずに、涙をこぼした。

「この先たとえ、他の人とどんなに寄り添っても――僕はきっと、考え続けるだろうって、気がついた。僕が幸せな瞬間、真耶兄さまはこの世界のどこか……夜空の片隅で、一人ぼっちなのかもしれない。そう思ったら……僕はたまらなかった。真耶兄さまが、こらえる涙もなく、淋しいとも思わずに、生きていることが……淋しい。僕は……僕は、真耶兄さまが、淋しくて、かわいそうで、愛しい」

愛しい。愛しい、愛しいと、央太はそれしか言葉を知らないように繰り返す。

「僕は兄さまを一人にしたら……本当には幸せになれない」

真耶は首を横に振った。兄さま、と央太が言う。長い指が伸びてくる。真耶は手を取られないように、反射的に手を下げる。思考が混乱し、心臓は激しく鳴っている。汗が体を冷たくした。味わったことのない切羽詰まった感情が、胸の奥から迫り上がってくる。怖い、と思った。抱かれたあとにも感じた、央太への恐怖が迫ってくる。央太の気持ちの量が、重さが、自分のなにかを崩しそうで怖い。

「兄さま、お願い」

央太が懇願する。真耶は耐えられずに立ち上がった。急いでコートと鞄を取る。

「兄さま、なにか答えてよ」

央太が必死に言う。真耶は「僕は」と声を出した。その声はかすれていた。

「僕は、応えられない。……お前の気持ちは、僕には、もったいなくて」

他の人にあげてくれ、と、真耶は喘いだ。

「僕は一人で生きていても、不幸じゃない。だから、忘れていい」

真耶は個室を出ようとした。央太が立ち上がり、真耶の腕を摑む。

「もらってくれないと、僕は不幸なんだ」

決めつける央太を、真耶は睨んだ。胸の奥から突き上げてくる恐怖。真耶は央太の手を振り払った。嘘だ、と、真耶は呻いた。

「幸福なとき、僕を思い出すと言ったな?」

確かめる声が、泣き出しそうに震えている。

「ならお前は、僕がいなくても、幸福にはなれるんだ。本当はなれる。なれるはずだ。なってくれ。少なくとも僕といるよりずっと幸福だ。お前に、僕はいらない——」

諦めずに伸びてくる央太の手が怖くて、真耶は爪を伸ばしてひっかいた。央太に毒は効かないが、わずかな痛みに手が止まる。その隙に、真耶は個室を出た。

央太が追いかけてきて、レジで「あとで会計しますから」と告げているのが聞こえた。しかしすぐに、「もしかして、ルノートル・パリの、白木さんですか?」と若い女性の、華やいだ声が続く。真耶は一瞬だけ振り向いた。央太は数名の女性に囲まれている。困ったように彼女たちと、真耶を見た。兄さま、とその口が動いたのが分かったが、真耶は振り切って通りに出た。

いつの間にか外は土砂降りになっていた。それにも構わず、真耶は傘もささずに、大通りに出た。次第に歩みが速くなり、気がつくと走り出していた。雨のせいで人気(ひとけ)の減った通りを、真耶は濡れながら、無我夢中に駆けた。

ぜいぜいと荒れた息と、激しい雨音に混じって、央太の声が聞こえた気がした。それは今の央太ではなく、小さかった、幼いころの央太の、鈴のような可愛い声だった。

——兄さま。

と、央太は呼び、真耶の顔を覗き込む。大きな瞳に、心配そうな色が映っている。

真耶はその眼から——央太の愛の重みから、逃れるように走り続けた。

八

予報では降らないはずだった雨は、一時間半降り続き、やむと雲が晴れ、星が見えてきた。真耶はずぶ濡れになったまま、電車にも乗らずに足で帰宅した。

濡れ鼠になった真耶を、菊江は心配したけれど、真耶は構わず適当に服を脱ぎ、ベッドに潜り込んで寝た。

翌朝、真耶の体はこれまでに経験したことがないほどに重たくなり、鼻は詰まり、喉もひどく痛んでいた。真耶はそれでも、いつもどおりに支度をした。

ただ、上着のポケットに万年筆は差さなかった。今の自分にはそうする資格が、もうない気がした。真耶は母に懺悔するような気持ちで、万年筆を机の引き出しにしまった。

食堂に下りると既に寧々が朝食をとっていた。

「今週末の親族会だけど、今度からはあたしが仕切るから、あんたはもういいわよ」

さばさばと言われ、真耶は「はあ」と、鈍く反応した。

親族会は二ヶ月に一度、雀一族で開かれる報告会兼懇親会だが、親族全員が参加というわけではなく、そのとき予定の空いている者が来る会合だった。もっとも、当主代理の真耶は毎回必ず主催者として参加して、出席者の話を聞いて回る義務があった。

だが姉が当主になれば、その役目もなくなる。今週末の親族会は、姉の婚約者の、内々でのお披露目も兼ねており、親族の多くが出席する予定なので、姉が仕切るのは進行上スムーズだと思えた。

「では、そうしてください。一族には当主交代の挨拶は既に書面で送ってますし、僕は後ろに控えています」

「まあ、うちなんて会社は大きいけど、親族は少ないし、今さら畏まることもないわよね」

姉もあっさりとした返事だ。話がまとまり席を立つと、寧々はまだ用があるらしく、真耶を引き留めた。

「そういえば引っ越し先、決めておいたわよ。運送サービスも申し込んだし、これでよかったらサインして」

出された書面は、マンションの間取りや賃料が書かれた紙と契約書だった。引っ越し日は、親族会の翌日の日曜日になっている。もうすぐ十一月、義兄は一日から家にやって来る予定なので、それでもギリギリだ。

真耶は自分が住む部屋には興味がなかったし、姉が探したのだから間違いはないと、よく見もせずにサインをした。

家を出て、いつもの癖で携帯電話を確認すると、着信が一件とメールが一件入っていた。どちらも央太からだ。メールは一言、『会えませんか』だった。

会えません、と真耶は胸の中で答えた。

——もう、会えません。

二度と、会わない。会ってはいけない——。

(央太の愛情を、受け取るなんて、僕には……できない)

きちんと歩いて、動いている。それなのに真耶は、ひどく疲れていて、自分がいつも以上に空っぽになっている気がした。

仕事しよう、と思う。仕事をしていれば忘れられる。

車に乗ると、ラジオをつけた。音量をあげて、うるさいくらいにした。思考する隙もないように、うっとうしい、ハイテンションなパーソナリティの声を流し続けた。

職場についてからは、猛烈な勢いで仕事をした。その日の仕事がなくなってしまうと、翌日の仕事までして、くたくたになってから帰宅し、カラスの行水のような早さで入浴し、髪も乾かさずに眠った。

翌朝起きると、喉の痛みはもっとひどくなっていて、頭痛までしたが、真耶は構わずに仕事に出た。電話に着信はなかった。メールもなかった。その日も無理やり仕事をし続けると、そのうち咳まで出始めた。

廊下で咳き込んでいると、声をかけてきたのは芹野だった。芹野は心配そうに真耶を見上げている。

「真耶先生、ご体調大丈夫ですか？」

そのときふと、真耶は、

「……そういえば、芹野先生、恋愛のことでなにか……悩んでましたか？」

と、口にしていた。

これまで散々躊躇しておいて今になって訊いた理由は、自分でもよく分からなかった。ただ、ちょうど昼休みであたりに人気はなかったし、知りたくなったのだ。普通の人は、恋愛で、どんなふうに悩むのか。

芹野は驚いたように眼を丸くしたが、やがて恥ずかしそうに頬を赤らめた。

「ぼ、僕が前におかしなこと、言ったからですよね。すいません……」

頭を下げて、芹野は「真耶先生なら軽蔑しないで聞いてくれそうで、つい……」と弁解した。その顔には、なにか切ない色が漂っている。芹野はあたりに人がいないか確認してから、そっと打ち明けてくれた。

「……あの、実は僕、ハイクラスの方とお付き合いしてて。ただ、なんていうかその方が、もともとロウクラスが好みっていう人で……」

予想外の返答に、真耶は眼を瞠った。芹野は苦笑し「不安になって」と、告白した。

「付き合ってるけど、本当に好かれてるのかなって。……必要とされてるのかなって。ハイクラスの方って、自分とは感覚が違うのかな。ロウクラスだったら、誰でもいいのかな。……そんなこと考えて、つい、真耶先生に訊いちゃったんです」

すいませんでした、と、芹野に深く頭を下げられて、真耶はなんだか拍子抜けした。なんだ、芹野は——自分に片想(かたおも)いしていたわけではないのだと思うと、安心したような、恥ずかしいような心地になった。

「僕は構いませんが……。それより、その方とは上手くいきそうですか？」

そっと訊いても、芹野は曖昧に微笑むだけではっきりとは言わない。かわりに、「真耶先生の恋人になる方なら、きっと幸せですね」と、続ける。

「僕が真耶先生みたいに強かったら……自分が愛されてるかなとか、必要とされてるかな、なんて……訊くこともできずに、不安になったりしなかったんだろうな……」

何気なく言っただけだろう、芹野の言葉が胸に引っかかった。反射的に、心の中で思ってしまう。

……僕だって、あなたと同じように不安になります……。

真耶はその思考を、それ以上広げないようにした。

芹野は真耶の葛藤も知らず、優しい声で「お大事に」とつけ足して、職員室へ向かった。

一人になった真耶は、廊下に立ちどまったまましばらくぼんやりとしていた。

（仕事しよう。仕事……仕事さえしていれば）

忘れられると、真耶は念ずるようにして、副理事室のドアに手をかけた。


明日は親族会という金曜の夜、さすがに体調不良のまま出席するのはよくないと、真耶は澄也（すみや）の病院を訪ねた。

夜の九時すぎ、既に病院が閉まった薄暗い診察室で、真耶は澄也に診てもらった。澄也は夜勤ではないが、真耶が連絡したので、特別に待っていてくれた。

「……風邪だな」

「すぐ治る薬を出してくれ」

ゲホゲホと咳き込みながら言うと、呆れた顔をされる。

「そんなものあるか。風邪に一番効くのは養生だ」

「……じゃあ咳止めだけでいい。日曜は引っ越しだから……終わったら寝ておく」

言うと、澄也はそのまま黙り、それからため息をついた。

「真耶……もう少し自分に気を使え」

カルテになにか書きながら言う澄也に、真耶はなにも返さなかった。言葉を発するのも面倒だったし、澄也がなにを言いたいのか、考えるのもいやだった。

「風邪のことだけじゃなくて……引っ越すならそれくらい周囲に話せ。翼も知らないんだろう？　どうせお前のことだ、訊かれるまで言わないんだろうが」

「……言うほどのこと？」

普通の友人ならな、と澄也が言う。真耶は黙ってしまった。

引っ越すと言っても海外に行くわけではない。自分の家が変わることが、友人たちにとって大事だとは思えない。どうでもいいではないか……とすら、思う。

自分のことなんて、どうせ大したことではないのだから。

「もう薬局が閉まってるから、俺が薬を出しておく。後日、開いてる時間に会計カウンターに行ってくれるか。話はつけておくから」

はい、分かった。どうも。と真耶は返し、澄也から薬を受け取った。処方袋に飲み方の指示がある。人生で風邪をひいたことなどほとんどないから、よく分からずに説明をいちいち読んだ。

「……白木の問題はどうなった？」

不意に澄也に問われ、真耶はびくりと肩を揺らした。

「……」

訊かれたくないことだった。

いやな沈黙が流れ、真耶はそれに耐えられずに立ち上がった。「行くね、ありがと」と、風邪でしわがれた声で言う。澄也は怒ったように「真耶」と呼ぶ。

「いい加減、強がるのはよせ」

背中からかけられた言葉に、真耶はぴたりと足を止めた。振り向くと、澄也が困ったような顔で、言葉を探しているのが見えた。

「……なんで僕が強がってると思うの？　央太からなにか訊いた？」

「……訊いてない。ここ数週間はな」

眉根を寄せ、まるで言い訳するような態度の澄也に、真耶は違和感を覚えた。

「どういうこと？」

「……初等部のころから、こっちに帰国してくるまでは、白木から時々訊かれてたんだ。お前が……大丈夫かってことを」

真耶は驚いて、眼を見開いた。央太の心配そうな瞳、ずっと見ていたと言っていた声が、耳の中に蘇る。

「お前が――白木のいないところで、たとえば俺や兜の前でだけ……泣いてないかとか。フランスに行ってからは、元気にしてるかとか。……あいつ、お前が当主代理から外されるから、それを心配して……様子を見るために、帰国したんだよ」

胸が痛み、胃の中がムカムカした。体が震え、怒りに似た感情が湧き上がってくる。それは羞恥だった。

以前、央太が真耶に告白したことを、澄也と翼がずっと前から知っていたと聞かされたときも、同じような羞恥を感じた。だが今はあのときより、もっと恥ずかしかった。知らないところで心配されていたと思うと、自分が情けなく感じる。まるで長年の弱みを握られているような、そんな心地だった。

「……」

なにか言い返そうとして、けれど言葉が出てこない。なにを話しても、みっともなくなりそうだった。かといってここで出て行けばそれこそ逃げているようなものだ。無言のまま、真耶の頬だけが赤らんでいく。

いやだ、と胸の奥で声がする。

こんな自分はいやだ。こんなふうに取り乱し、ばかげたことで動揺している自分は——自分じゃない。違うと思う。

「……僕が一人でいるのがそんなにかわいそうか？」

結局、恨み言のような言葉が出た。

「……僕は僕なりにきちんと生きてる。憐れまれたくない」

澄也はため息をつき、まさか、と呟いた。

「お前は……ちっとも、かわいそうじゃないさ」

持っているペンを指の上で転がし、「お前は人より、強いからな」と、澄也はつけ足した。幼稚舎で出会ってから、澄也との付き合いは二十六年になる。その長い付き合いの中で、こんなふうに言われたのは初めてだった。

説教めいたお節介。強いと認める言葉も、澄也からは初めて聞いた。

長い間、互いに腹を立て合うことがあっても、なんとなく一緒にいたのには、それなりの理由があった。

同じような家格に生まれ、似たような能力を持ち、兜も含めて三人とも、相手の核心的な部分には触れ合わないという、距離を保てたからだ。

その澄也が今初めて、真耶の心に触れようとしている。

顔をあげ、澄也は真面目な顔をして、じっと真耶を見つめてきた。

「ただ白木は、お前が強いから不安になるんだ。もしどこかで、無理をしているなら、なにかさせてほしいと思う。お前はなにも言わないから、知りたくなる。それだけだろう。それは、悪いことには思えない」

眼をすがめて、澄也は諭すように言ってくる。真耶はなにも返せずに押し黙る。

「お前が間違うのは、いつも、白木のときだけだ。……それに俺も俺なりに、お前が家を出て一人になるのを、心配してはいる」

心配などしてほしくない、と、真耶は思った。頭に血が上り、これ以上話したくなくて、真耶は診察室を出た。澄也は呼び止めなかったし、追いかけても来ない。

足早に廊下を横切るつもりが、歩いているうちにどんどん具合が悪くなってきて、真耶はよろめきながら出口に向かった。

愛しい、と訴える央太の声が蘇ってくる。愛しくて、かわいそうだという声。

――誰かと一緒にいて、楽しいとき。褒められて嬉しいとき。幸福なとき、幸福であればあるほど、真耶兄さまのことを思った。

「うるさい……」

真耶は耳に手を当てて、呻いた。

――僕が幸せな瞬間、真耶兄さまはこの世界のどこか……夜空の片隅で、一人ぼっちなのかもしれない。そう思ったら……僕はたまらなかった。

「うるさい、うるさい、うるさい……」

うるさい。

もう聞かせないでくれ。

それでも央太の声は何度も蘇った。真耶は車に飛び込むと、ハンドルにもたれて、しばらくの間、じっとしていた。昂ぶった気持ちを鎮め、いつもの自分に戻ろうとした。

夜空には雲がかかり、星は見えそうになかった。

会えません。話せません。お前のことは忘れます。

真耶は呪文のように胸の内で唱えていた。

週末の親族会には、既に家を出ている三人の姉たちも久々に戻り、寧々の婚約者が挨拶をした。寧々は真耶以上にきっちりと会をしきり、時折冗談もまじえて、親族たちの和やかな笑いを誘っていた。

「当主代理お疲れ様だったわね」

「これであんたも、自由の身ね」

上三人の姉たちが口々に勝手なことを言ってくる。真耶は適当に応じ、あとは部屋の隅でやり過ごした。真耶の存在など、上にいる女王格の姉たちに比べれば、ここでは霞のように目立たない。なにしろ姉たちは、寧々だけでなく他の三人も、真耶より背も高いし、美貌にも能力にも華やかさにも秀でているからだ。

親族会が終わると体調不良の真耶は早々と部屋に戻ったが、澄也にもらった薬はあまり効かず、咳もひどくなり、熱もあがっているようだった。

とにかくベッドに潜り、眠りに就いた。けれど早朝、汗だくになって眼が覚めた。腕もあげられず、そのまま寝ていると、体が凍えたように冷えていき、さらに調子が悪くなった。

そのうえ数時間後、見知らぬ男が数人、バタバタと部屋に入ってきたので、真耶は驚いて跳ね起きた。

見ると、それは引っ越し業者だった。

寝具類はリストに入っていないので、どうぞ寝てらしてくださいと言われたが、真耶は急いでベッドを出て、着替えを持って別の部屋へ退散した。力の入らない指でなんとか着替えている間にも、業者は指示書どおりに荷物をまとめ、風のように屋敷を出てしまった。

「これが鍵です。お姉さんから渡すようにと言われております」

合い鍵を借りていますが、そちらは部屋のポストに返しておきます、と付け足して、業者は去り、真耶の手には冷たい鍵が一つ残った。

自室に戻ると、家具と寝具とカーテン以外はすっかり空になっている。真耶は咳き込みながらもらった薬を探したが、それも持って行かれたようだ。仕方なく、衣類で唯一残っていたコートを羽織り、これまた唯一残っていた仕事用の鞄を持って、屋敷を出ることにした。

「まあ、坊ちゃま。お風邪ですか？　寝ててくださいまし。今、卵酒など作りますから」

台所から出てきた菊江が、真耶の顔を見るなり、驚いて言った。ここ数日、家に帰るのが遅く、帰ってきてもさっさと部屋に引きこもっていたし、昨日は親族会で気を張っていたし、なにより真耶が風邪になったことなど二十数年なかったことなので、菊江でも気付かなかったのだろう。たちまちオロオロしはじめた菊江に、真耶は「薬を取りに行くから」と言って、家を出た。とりあえず風邪が治るまで引っ越し先で過ごし、治ったら改めて屋敷に顔を出して、菊江と別れを惜しめばいいだろう……。

寧々は婚約者と出かけているらしく不在だ。弟が引っ越すといっても、近場なので見送るつもりはないようだ。

もっとも、真耶も姉との挨拶などどうでもよかった。寝乱れたままのぼさぼさ頭、鼻水と熱で赤くなった顔のまま、ふらふらしながら車に乗り、鞄からクリアファイルを取り出す。たしかここに、引っ越し先の資料が入っていたと、朦朧とした頭で思い出して、書かれていた住所をカーナビに入れた。

鼻が詰まって口で息をするしかないので、ずっと呼吸が荒い。ナビに従って道を行くと、星北学園にほど近い通りに行き着き、見覚えがあるなと思いながら、真耶はマンションの地下駐車場に入る。鍵には部屋番号が彫ってあり、８０３となっていたので、その番号のスペースに車を停めた。よろめきながら車を降り、ロビーにあがると、コンシェルジュがいた。

「雀と申しますが……」

コンシェルジュの中年男性に声をかけると、とたんにゲホゲホと咳が出る。男性は嫌な顔一つせず「雀様ですね。お荷物届いております」と言い、エレベーターを開け、八階のボタンを押してくれた。

扉が閉まり、エレベーターが動き出す。真耶はマンションに、妙な既視感を感じていた。だがその正体が分からないまま、七階に着いて、扉が開いた。

と、扉の向こうには、知っている男が立っていた。

背が高く、体格もいい。金色の髪に、赤い瞳。甘やかな美貌——央太だった。

熱に浮かされて、自分は幻を見ているのだろうか？

初めはそう思った。だが風に乗って央太のフェロモンが香り、真耶は青ざめた。央太のほうも驚きに眼を見開き、兄さま？　と、呟いている。慌てて閉じるボタンを押した。扉に駆け寄る央太の姿が見えたが、それより先にエレベーターは閉まった。

八階に着くと、真耶は転げるように廊下へ飛び出し、三号室の鍵を開ける。玄関には段ボールが山のように運び込まれている。

すぐさま携帯電話を取り出して、真耶は寧々にかけた。五コールめで出た姉は、明らかに不機嫌そうな様子で、「なによお。デート中に」と言った。

「姉さん……っ、なん、なん、なんですか、この部屋……」

風邪のせいで痰がからみ、声が上手く出ない。寧々は「なにって。あんたにも資料見せたじゃない」と言う。

「だって、だってここは央太の……」

既視感があるはずだった。ここは央太が、日本にいる間の仮住まいにと住んでいるマンションだった。真耶の部屋は八階。央太が七階だ。

『そうよ、こないだ央太ちゃんが来たときに住所聞いたから、試しに不動産屋に訊いてみたの。同じマンション空いてないかって。運良く空いてたからそこにしたわよ。あんたみたいな世間知らず、いきなり放り出すのは心配だけど、央太ちゃんがいるなら安心でしょ』

分かってて、サインしたんじゃなかったの？　と、姉が言う。

『いくら住むところに無関心でも、あんた、書類はくまなく読むタイプじゃない』

じゃあ、ダーリンが待ってるから、と言って、姉は電話を切ってしまった。

姉の言うとおり――普段の自分なら、いくら無関心でも書類は読む。読まなかったのはずっと、央太のことで心が乱れていたからだった。

また間違えた。正しくないことをした――央太のことで。

情けなさで、胃が痛んだ。とにかくすぐに、このマンションを解約して、別の部屋を探さねばと、薬のことも忘れて引き返す。だがエレベーターホールに出たとたん、

「真耶兄さま！」

と、声がして、央太が非常用の階段を駆け上がってきた。真耶は央太を無視し、大きな体を押しのけて、エレベーターに乗ろうとした。しかし熱のあがりきった体から、なんの前触れもなく力が抜けた。突然足がカクン、と落ちた。

倒れる、と思った瞬間に、強い腕が真耶を支えた。央太だ。

「はなせ……」

ガラガラの声で言い、逃れようともがいたが、熱に浮かされた体はジンジンと痛くて、自由に身動きすらできない。

「ひどい熱だよ⁉ 風邪? なんでこんなになるまでほっといたのっ?」

——うるさい、黙れ、ほっといてくれ。

頭の中で言ったのか、実際口に出したのかも分からない。

いきなり体を持ち上げられ、横抱きにされて、気がつくと運ばれていた。あっという間のできごとで、恥ずかしがったり、みじめになる暇もなかった。

央太は真耶の部屋の扉を開けると、靴を脱いであがり込み、寝室を見つけ出した。

「うわっ、なにこれ、カーテンもついてないじゃない!」

慌てる央太の声につられて、ぼんやり眼を向けると、室内には未開封の段ボールと、新品のまま梱包材付きで放置されたベッドや寝具類が点在し、それはどの部屋も同じようだった。

「ちょっと待ってね、とりあえず今だけの寝床作るから」

真耶は床に寝かせられ、すぐに央太のコートをかけられた。央太は素早くベッドを整え、真耶を抱き上げて運んでくれた。

どうやって探し出したのか、リビングに戻った央太はあっという間に薬を持ってきて、

水と一緒に差し出してもくれた。動けない真耶は、薬も水も、央太に口に入れてもらった。

「とにかく寝て。僕が全部やるから、なにも心配しないで」

――いらない。

と、真耶は思った。いらないから、帰れと言いたかった。けれどそのときふと、瞼の上に大きな手のひらがかざされた。自然と瞼が落ちてきて、眠気が全身を襲う。

「……大丈夫」

と、央太が言った。まるで気が立っている子どもを落ち着かせるかのような、静かで力強い声だった。

「どこまでも、いつまでも、どんなところも……全部、愛してるよ。……僕は傷つかないから。真耶兄さまがどんなでも、平気だから。だから安心して、眠って」

なにを言っているのか分からない。

そう思うのに、央太の言葉に心が揺れた。大丈夫なのだ。今くらい弱くてもいいのだと、どこかで思った。

自分が弱くても、正しくなくても――央太は、傷つかない。

するとたんに安心して、真耶は意識を手放すように、眠りの中へ落ちていた。

九

夢の中で、真耶は丘の上に立っていて、頭上には夜空が広がっていた。

人っ子一人いない静かな場所で、遠くに低い山が見えていたが、それ以外に視界を遮るものはなく、満天の星が輝いている。

——真耶兄さまの星はどこ？

不意に隣で声がして、真耶は振り向いた。見ると、そこには小さな央太がいた。

十年前、フランスに渡る直前に会ったきりの——懐かしい、可愛い姿の央太だった。

——央太。

と、真耶は呼んだ。

央太は振り返り、真耶を見つめた。ふわふわした髪の下に、慕わしげな、大きな瞳がある。真耶兄さま、と央太は微笑み、好きだよ、と続けた。

——好きです。真耶兄さま。真耶兄さまが、ずっと好きなんだ。僕のために、会いに来てくれたの？

真耶の胸は、ぎゅっと引き絞られた。これは夢だ。そう思う。

これは夢。真耶の罪悪感が見せている、ありえない夢だった。八年前、央太に会いに行けば良かった。その気持ちが見せている夢。けれどそれでも、小さな央太に近寄りたいと、真耶は思った。

手を伸ばし、その細い手首に触れる。夢なのに、ちゃんと感触はあった。体温もあった。それは幼いころ、何度も触れた感触だった。愛しく、温かく、そして重い……。

――央太。ごめん。

真耶は央太の体を抱き締めていた。自分より小さな、華奢な体。悲しみと、罪悪感。そして愛しさが――胸の中に膨れあがってくる。真耶はもっと早く、こうすればよかった、と思った。

もっと早く、何度も何度も、こうしておけばよかった。

フランスに、会いに行けばよかった。苦しんでいた央太の手を、握っていてやれたらよかった。央太を見て煩わしいと思うよりも、その愛しさに、憐れみに強く寄り添って、抱き締めておけばよかった。それがたとえ正しい行動でなかったとしても、自分は拒むよりも愛したい。本当はいつも、そう思っていた気がする。

……ごめん、央太。許してほしい……。

熱に浮かされながら見ていた夢は、そこで途切れた。

真耶は、夢も見ない深い眠りに落ちていったが、抱き締めた小さな央太の感触だけは、腕の中に残った。

どのくらい眠ったのだろう。時折体を拭かれたり、着替えさせてもらったり、薬を飲ませてもらったりしたことは、なんとなく覚えている。

眼が覚めたとき、部屋にはプルメリアのような甘ったるい芳香が漂っていた。

いい匂いだなと、また眠りかけて、真耶は央太の匂いだと思い出し、今度こそはっきりと眼を覚ました。

起き上がると、引っ越した部屋のベッドに、真耶は寝ていた。

室内にはベッドの他は、サイドテーブルくらいしか物がなかったが、窓にはシンプルなカーテンが取り付けられ、段ボールや梱包材はきれいに片付いていた。

「兄さま、起きた？　気分はどう？」

ふと声をかけられて、真耶はおそるおそる、寝室の入り口へ視線をやった。そこには、央太が立っていた。長身で、甘やかに整った顔。柔らかそうな金色の髪。壁の時計を見るともう夕方だ。

「……僕は半日、寝てたのか？」

小さな声で訊くと、声が喉に張りついているようで、上手く出せなかった。

「ううん、一日半、寝てたよ。あ、職場には連絡しといたから大丈夫」

返ってきた言葉に、真耶は驚いた。

今は日曜の夕方ではなく、月曜日の夕方だという。勤続八年、一度も仕事を休んだことがなかったのに――。そう思って青ざめたが、すぐに虚脱感に襲われて、真耶は、

(もう……いいか)

と、思った。

べつに一日くらい真耶が休んでも、職場は回るのだ。そんなことくらい知っている。

ぼんやりしていると、央太がそっとそばに寄ってきて、額に手を当てた。真耶は慌ててすぐに避けたが、央太は微笑んで「熱、下がったね」と言うだけだった。

「おかゆあるけど食べられる？　熱が下がったら、なにか食べて体力つけたほうがいいから。きっとこの感じなら、あと一眠りしたらよくなると思うよ」

真耶が風邪ひとつでこんなふうに参っているのに、央太はなんでもないことのように言う。同じハイクラスなのに――突然変異のとき、苦しんだ経験があるからだろうか？

言葉もなく黙り込んでいると、央太はしばし真耶の返事を待っていたが、やめたようだ。

「じゃあ用意するね。ここで食べてもいいし、隣で食べてもいいよ。歩けそうならリビングまでおいでよ。部屋の中、まだ見てないでしょ」

そう言って出ていった。

真耶はしばらく、どうすればいいのか分からずに、ベッドの上に座り込んでいた。

壁の向こうからはほとんど音がせず、央太がいるのかどうかも分からない。だが、いるのだ――。

真耶は一度深呼吸して、なるべく冷静でいようと決めた。

そろえて置いてあったスリッパに足を入れて立ち上がる。まだ少しふらついたが、まっすぐに歩けた。

そっと扉を開けると、隣がリビングだった。続きにダイニングとキッチンがある。間取りは央太の部屋と同じで、央太はキッチンでエプロンをはずしているところだ。

家具は新品がそろっており、実家のアンティークなものとは違う、無垢材で作られたシンプルなデザインでまとまっている。

一昨日この部屋に飛び込んだときには、こんなものはなかった気がする。整えられた部屋の中からは、寝室と同じように、段ボールも消えていた。

「……家具やカーテンって……お前が用意してくれたのか？」

小さな声で訊くと、央太が顔をあげた。

「あ、こっちで食べる？　じゃあどうぞ」

トレイに載せた小さな土鍋を持ってきて、央太はダイニングテーブルに置いた。真耶はしばらく、椅子に座ることができずに立ち尽くしていた。

央太の顔がまともに見られない。近くに行けない。真耶は緊張し、央太を恐れていた。

央太は真耶を振り返り、しばらく視線を向けてきた。顔を見られていると分かると、心臓が強く鼓動を打つ。

「……じゃ、ゆっくり食べて。残していいから、無理せずにね」

央太は真耶が、央太に近づけないことを察したのかもしれない。なんでもないように言って、キッチンへ戻ってしまった。真耶はそっと椅子をひくと、土鍋の前に座った。

トレイには小さな鍋摑みや、梅干し、お茶と白湯(さゆ)、一回分の薬を小皿に出したものなどが、きれいに並べられていた。手を合わせ、小さな声でいただきます、と言ってから、土鍋の蓋を取ると、優しい出汁(だし)の香りが、湯気と一緒にふんわり匂いたった。

ごくシンプルなおかゆだった。梅干しを落とし、潰しながら食べる。一口食べて初めて、自分が空腹だったと知る。出汁の味が上品に口に広がり、胃の中が温まると、体にじわりと生気が戻ってくるような気がした。

食べ終えると、少し気持ちが落ち着いていた。顔をあげると、キッチンのカウンターごしに真耶の食べっぷりを眺めていた、央太の視線とぶつかった。

「……仕事」

と、真耶は気になっていることを口にした。かすれていた声は、大分元に戻っていた。

「お前の、仕事は？　いいのか。こんなところにいて」

　央太は大丈夫だよ、と安心させるような、柔らかい笑みを見せる。

「もう内装も決まったし、あとはオープンするだけ。僕は自宅で、初日に提供するレシピを考えてるとこだったから。オープン一週間前までに師匠にオーケーもらったら、あとは大量に焼いて、焼いて、焼いて……」

　眼を細めて言う央太は、最後に独り言のように「それで僕の仕事は終わり」と、つけ足した。真耶は思わず、央太を見つめてしまう。

　央太はキッチンから出てきて、真耶の食べ終えた茶碗をさげてくれた。職業柄なのだろう。物音一つたてない。修練のうえの洗練された動きには、トレイの上の食器さえぴくりともしなかった。

「お茶いれるね」

　一言だけ言って、またキッチンに戻り、電気ケトルをつける。

「真耶兄さま、このケトルの使い方知ってる？　水入れて、このボタン押すんだよ」

　親切で言ってくれているのだろうが、子ども扱いされて少しムッとした。だが、電気ケトルを使ったことがないのも事実だ。職場にはコーヒーメーカーがあり、真耶は日がな一日、飽きもせずそれを飲んでいて、自動販売機でたまにはべつの飲み物を……などということすらしない。

ただ言われればやり方は覚える。返事もせずにじっとしていると、央太はおかしそうに口元だけでニコ、と笑って、ストッカーからお茶の缶を取り出した。

「お茶はストッカーに入れたからね。非常食とか、コーヒーとか、いろいろ入れてあるから今度見て。荷物は片付けたけど、分からないものは空き部屋にまとめておいたよ。カーテンとかも気に入らなかったら――まあ、面倒だろうけど、好きなものに替えて。あ、インテリアもね。全部勝手にしたから」

その言葉で、真耶は部屋を住めるようにしてくれたのは、やはり央太なのだと分かった。

お湯が沸き、お茶の爽やかな香りがキッチンから漂う。戻ってきた央太が、空になっていた真耶の湯飲みに、おかわりを足してくれる。

「……ありがとう」

やっと、お礼が言えた。央太は気取らず「どういたしまして」と言って、急須を置いた。

「部屋……出て行くことないよ。昨日、真耶兄さまが寝てる間に、寧々さんに電話して聞いたんだけど、真耶兄さま、僕と同じマンションだって気付いてなかったんでしょ？　ずっと具合悪かったみたいだし」

「……」

真耶は答えずに、湯気をたてる湯飲みを見ていた。

「……僕は、お店が開店してしばらくしたら、どうせフランスに戻るし。どうしても嫌なら、僕が部屋を引っ越すから、ここに住んでなよ」

真耶は眼を瞠り、央太を見上げる。

フランスに戻る？

一瞬、意味が分からなくて、真耶はわずかに焦った。

央太は優しい顔をしていた。赤い瞳はただ慈愛に満ちていた。そんな眼を、真耶はこれまで誰からも——死んだ母からしか、記憶にある限り注がれたことがなかった。央太以外には。

それは、この世界で一番、真耶が好きだという眼だ。

「お前が……先に住んでたんだろう。べつに僕のために、フランスに戻るとか戻らないとか、決めなくていい」

元に戻っていたはずの声が、また少しかすれた。

「もともと、ずっとこっちにいるつもりはなかったから。気にしないで」

その言葉に胸がぎゅっと痛む。心臓が押し潰され、苦しい気持ちが、迫り上がってくる。

——ずっとこっちにいるつもりはなかった？

フランスに、帰るつもりだった？

そしてまた、何年も何年も……ヘタをすれば一生、自分と会わないつもりだったのか？

「……だったら、なんであんなこと」

声が震えた。央太は聞き取れなかったのか、「ん？」と体を屈めてくる。瞬間、怒りがこみあげ、頭から突き抜けていった。

「さっさと帰るつもりなのに、そばにいさせてなんて言ってたのか、お前は!?」

気がつくと真耶は怒鳴り、立ち上がっていた。眼を見開く央太の胸倉を摑む。風邪をひいているはずなのに、怒りが勝っていたせいか、自分より大柄な央太のことも、力任せに引き寄せていた。

「僕が心配で、こっちに帰ってきたんじゃないのか！　……無理やり抱いておいて、恋人にしてほしいなんて言っておいて、ちょっと避けたらフランスに帰りますってっ？　ふざけてるのか！」

「え、いや、真耶兄さま……」

央太はたじろぎ、上擦った声を出す。真耶は両手で央太をがくがくと揺さぶった。腹が立って、むかついて、文句が止まらない。

「このヤリチンくそ野郎！　お前もデカくなったら、やり捨てする男になったんだね！　どうせ口説くならもっと本気を見せたらどうなんだ！　肝心のところで退くくらいなら、なにもしなきゃよかったんだ。こっちが、こっちがどんな気持ちで——」

……どんな？

真耶はふと我に返り、それ以上言えずに、ぎこちなく口を閉じた。胸倉を摑んでいた手を、ゆっくりと放す。

「……勘違いするな。僕はべつに、また口説いてほしいわけじゃないから」

苦し紛れにつけ足す。央太は真耶をからかわなかった。笑いもしなかった。ただ優しく、

「うん」と言った。分かってるよ、とでも言うように。

分かってほしくない、と真耶は思った。

なんでも分かってほしくはなかった。見透かされると、みじめになる——。

みじめで、みっともなくて……情けない。熱いものが目頭にこみあげてくる。鼻の奥が、つんと冷たくなる。僕は、と出した声が震えて、真耶はうつむいた。

「……僕は受け入れられない。僕からは言えない。付き合ってもいいとか、そばにいてくれとか、愛して……ほしいなんて、僕からは……」

語尾がひしゃげるように、しわがれた。央太はなにも言わずに、じっとしている。ただ、大きな手が、また分かってるよ、というように真耶の肘に触れる。

「だってお前は……僕じゃないほうが幸せになれる」

胸の奥から絞り出した一言だった。言った瞬間、心臓が潰れて痛んだような気がした。ぎゅっとつむった眼から、涙が溢れた。

「——なんにもないんだよ、僕といても。なんにも生み出せないんだ。……空っぽだから。お前は普通じゃないか。良い子で、優しい。きっと誰でもお前を好きになる。……普通の

人と愛し合って、結婚して……子どもを作って……そんな人生を、送れる」

僕といても、と真耶は呻いた。

「最初はよくても、だんだん……つまらなくなるよ。……お前が知ってるのが、全部だよ。なんにもないし、変わらないし……退屈する」

「……僕に申し訳ないから、受け入れられない？」

央太がそっと訊いてきて、真耶は違う、と首を横に振った。

「──僕は、親切で、言ってるんじゃなくて」

薄眼を開けると、涙の膜の中に、央太の胸元が見えた。甘い花の香り。プルメリアに似た強い香りがそこから溢れてくる。けれどその奥底には優しい木々のような匂いが、ひっそりと混ざっていた。それはスジボソヤマキチョウが起源種だった、小さかった頃の央太と同じ香りだった。

不意に真耶の腕の中に、夢で抱き締めた小さな央太の温もりが蘇ってきた。

夢の中で、好きだと言ってくれた声は、八年前の電話で聞いた最後の声と同じ、鈴のような可愛い声だった。

──お前の気持ちが、受け取れないのは、受け取れないのは、ただ。

体が震え、真耶は絞り出すように言った。

「……もしまた、いらないって言われたら、もう、僕は……」

立ち直れない。

涙がぼろぼろと、頬にこぼれ落ちた。

終わりだ、と思う。こんなに弱い自分は、母が望んだ自分ではない。

ごめんなさい。星になった母に、そう心の中で謝る。

生まれてきただけではなく、本当は弱くて、ごめんなさい――。

でも、もういいのだろうかとも思った。澄也が言ったように、もう強がるのはよそう。少なくとも央太の前では、弱音を吐いて泣いてしまった。これ以上、虚勢を張っていることはできない。

央太は真耶が、見えない星だと知っている。自分で自分を愛せない、欠けた人間だということや、高潔の仮面を被りながら、間違えるときもあること。本当は弱い人間なのだということも知っている。

「――三年あった」

真耶はそう、吐き出した。自分の過ちを告白する気持ちだった。

「母さまが病気で死ぬまでに、三年あった。……七歳のとき、僕を産むつもりはなかったと言っていたのを、立ち聞きして……」

央太が身じろぎし、息を呑む気配があった。だが、央太に憐れまれたくなくて、真耶は、悪い意味じゃないと知ってた、とすぐにつけ足した。

母は真耶のことを案じていた。役割がなにもない真耶。空っぽな真耶。

なんとか生きる意味を持たせようと、たった十歳だった真耶に当主代理を任せてくれた。

そして寧々は、真耶が三十になるまでその役目を取りあげなかった。

「愛されていた。恵まれていた。……知っていたけど、いらないんだなと思った気持ちはあった。……なのに、母が死ぬまでの三年の間、僕は訊けなかった……」

真耶は懺悔するように頭を垂れて、己の弱さを、意気地のなさを告白した。

高潔ではない自分。望まれた姿とは程遠い、自分の中の臆病なところ。

央太のシャツをぎゅっと握りしめる。その手が震えて、つむった眼から落ちた涙は、頬を伝って床へと散った。

「たった一言、僕のことを……産んでよかった？　僕のこと、いてよかったと思う？　そう訊こうとして、訊けなかった。……もし、必要とされてなかったら、どうしよう。こんなことで悩むのは、母さまの……望んでる僕じゃないかもしれない」

清く、正しくないかもしれない。

清くも正しくもなかったら、真耶のいる意味は、ますます希薄になってしまう。

訊けないうちに母は死んだ。通夜と告別式は慌ただしかったが、火葬前のひととき、真耶は母と二人きりになった。柩の中で横たわる母を見つめて、これが最後のチャンスだと思った。母に向かって、自分がいてよかったか、真耶は訊こうとした。

「……言えなかった。僕は、逃げたんだ。……弱かったから——」

本当は、高潔に生きられてすらいない自分の弱さを、母に知られるのが真耶は恐ろしかった。

弱さと向き合わなかったかわりに、愛されたいと期待するのもやめた。望まれたように生まれることも、生きることもできないのに愛されるなんて、そんな都合のいい話はないと思った。

母の万年筆を勝手に持っていたのは、それでも淋しかったからだ。

せめて小さな欠片でいい。失った愛への期待のかわりに、真耶は空虚な心を支えるお守りに、母の形見を引き寄せた。それはかつての、母のかわりだった。真耶の拠り所であり、道しるべの星だった。生きることを自分に許し、空っぽな自分を埋めてくれる、心のよすがだったのだ……。

清く正しく、高潔に。

そう生きようとする自分を支えていたのは、強さではない。期待しないこと、諦めることでなんとか保った、弱い自我だ。どう生きても、母の望んだ自分にはなれないと知りながら——それでもせめて表面だけは、清く正しくあろうとしてきた。本当は透明でも、誰かの視線を浴びたときだけは、それなりに輝いて見えるように。

ちっぽけなプライドで覆った、大きな虚ろ。それが雀真耶の本質だった。

こんなみじめな自分を、知りたくなかった。けれどもう隠すこともできない。すべて吐き出して、真耶はひたすらに苦しかった。悲しかった。自分が情けなくて、虚しく、みっともなかった。

「傷つきたくないから、僕は、誰も、愛せない……」

真耶はぽつりと言った。

「傷つきたくないから……──央太を好きになるのが、怖いんだよ……」

なんて弱い心だろう。

我知らず漏れた言葉に、今さらのように己のみじめさを感じる。けれど同時に気付く。

──僕は央太を……好きになれるのか。

央太なら、好きになれると思っていたから、自分は央太が怖かったのだ。

気がついたら、どうしてだかじわじわと眼に涙が浮かんだ。

──僕はただ、愛して傷つくのが、怖かっただけか……。

八年前、央太に好きだと言われたときも。八年間、央太を無視し続けていた間も。

そして再会してからもずっと。真耶は央太を愛するのが怖かったのかと、そう思う。

愛せないからではなく、愛してしまいそうで、恐しかった。

それを知るとわけもなく涙が溢れ、止まらなくなった。恐怖は源が分かると、氷解するように溶けて消えていく。もう央太を、怖いとは感じていなかった。

真耶の中に残ったのは深い悲しみと、傷だった。虚ろな自分の心の、奥の奥までさらけ出して、その弱さを央太に知られたのが悲しくて、真耶を傷つけている。

けれどなぜだか、央太を愛せないと思っていたさっきまでより、愛せるのだと気付いた今のほうが、気持ちは軽くなっていた。

「……ごめん、央太」

真耶はやっと、言いたかった言葉を言えた気がした。

「八年前……会いに行かなくて、ごめん。突き放して……お前の告白を無視して、ごめん。ずっと……いつも、お前の気持ちを見ないようにして、軽んじて……ごめん。お前が懐いてくれたのに……翼(つばさ)くんや、他の子たちに対するより、冷たくした。お前は悪くなかったのに……、ごめん。ただ僕は……お前が僕を好きだと言い続けたら」

真耶は小さく体を震わせた。

「……お前を、好きになってしまうかも——そう思って。それが、怖くて」

告白した瞬間、心がひしゃげたように、胸が痛んだ。

悲しいほどに愛に弱い、自分の心が苦しかった。

空っぽの心の中に、もし央太が入ってきたら。

真耶は自分が、心のどこかで、そう考えたのだと思う。

いつか母にそうしてきたように、央太を自分の星にしてしまう。きっと真耶は央太の星を拠り所にし、生きるよすがにし、道しるべにしてしまう。生きる意味にしてしまう。空虚な自分を、央太だけで満たしてしまう。その気持ちは重たすぎて、もはや愛と呼べるかさえ分からない。

そして再びその星を失ってしまったら、今度はどうやって生きていけばいいか分からない——。

その事実に打ちのめされて、真耶は声も失い、うなだれた。

自分の横顔を見つめる央太の眼が、悲しそうに揺れているのが見ないでも分かった。憐れみを含んだ眼。正面から見返したら、自分がもっとみじめになりそうで、顔を向けられない。

きっと央太も、自分に呆れているかもしれないと、真耶は思った。こんなに弱い真耶のことを、もう央太は好きではないかもしれない。そう感じさえする。

そのとき、央太の腕がゆっくりと伸びてきて、真耶の体を抱き締めてくれた。しなやかな筋肉は柔らかく、真耶は拒むことができなかった。ただ息が止まり、胸が震える。

「兄さま」

僕、やっと分かったと央太は囁いた。その声は泣き出しそうに聞こえた。

「兄さまのここに、なにがあるか」

そう言って、央太は真耶の左胸に、大きな手でそっと触れた。

「……兄さまは傷つくよりも、傷つけたくなくて……愛されることを、諦めたんだね」

――傷つくよりも、傷つけたくなくて？

思わず顔をあげると、央太は真耶の額に自分の額を、そっと当ててきた。央太の眼には、憐れみなどなかった。そこには愛しげな、温かな光が灯(とも)っている。

それはこの世界で一番、真耶が好きだという眼だった。

「子どものとき、思ってなかった？　……お母さんは自分が生まれたせいで、苦しんだんじゃないかって」

吸い込まれそうな央太の赤い瞳を、真耶はじっと見つめ返した。温かな瞳に、体の強張りがほどけていく。

胸の奥で、ことりと音がした。母の白い手。美しい頰。優しい声が蘇ってくる。真耶、と呼んで、頭を撫でてくれた優しい母。手を握り、抱き締めてくれた。不治の病を患い、余命を宣告されてからも、涙一つこぼさず、取り乱すことすらなく、毅然と顔をあげていた母が――。

ただ一度だけ、泣いていたのを見た。

真耶を産んだことを嘆いて、真耶がかわいそうだと案じていた……。

あのとき、自分の心を一番傷つけたのはなんだっただろう？

生まれた意味がなかったこと？　必要とされていなかったこと？　違う、と真耶は思う。

──違う。自分が生まれたことで、母を傷つけたこと、苦しめたこと、心配をかけたこと。そのことが真耶は悲しかった。気丈な母の、高潔な生き方を──自分が邪魔をしたのではないか。母は真耶さえいなければ、悩みも苦しみもなく、安心して逝けたのではないかと思っていた。

その疑問が、ずっと胸の中に引っかかり、だから真耶は苦しかった。

「僕も同じだったよ。小さいころ、僕を産んだママはかわいそうだなって、思ってた……」

期待に応えられなくて悲しかったと、央太は続ける。

「今も昔も変わらない。どんなに人に褒められても、僕はね、自分のこと、本当には好きになれずに、心の中に欠けてるところがある」

それは自分も同じだと、真耶は思った。

──誰かを愛する心ではなく、自分で自分を愛する心が足りずに、いつも真耶は自分を空っぽだと感じている。

昔ね、と央太は内緒話をするような優しい声音で続けた。

「真耶兄さまと僕は似てるのかもしれないって、思ったことがある。……僕は弱いのに、真耶兄さまはこんなに強く生きられるんだと思ったら、好きにならずにいられなかった」

真耶は驚いて、央太を見つめた。

たぶん自分のこと、ちょっと嫌いなままでいいんだよね、と央太は顔をくしゃりとさせて、優しく笑った。

「そうじゃなきゃ、兄さまを好きにならなかったし。それにね、僕が小さいころ……望まれたように生まれなかったから、パパとママに、僕はいらないんだって泣いたこと、あったでしょ？」

真耶はこくりと頷いて、央太の言葉を待つ。あのときね、と央太は声を潜めて、そっと教えてくれた。

「兄さまが、僕に言ってくれたんだよ。……僕には今のお前が、いてよかったって」

救われたんだよ、と央太は囁いた。

真耶は覚えていなかった。覚えているのは、その話を聞いたとき、自分と央太は同じなのだと思って、真耶が——真耶のほうが、救われたことだ。

だから違うと、真耶は感じた。きっとそう言ったのは、自分のエゴだった。それが分かったのか、央太は笑ったまま「どういう意図だったかなんて、関係ないんだ」とつけ足した。

「あのときの僕には、その言葉が……そう言ってくれた真耶兄さまが、真っ暗闇の中にたった一つ光ってる、星みたいだった……」

生きていていいと思える、希望のよすがだった。道しるべだった。暗い中に灯る、なにより輝く星だった。

止まっていた涙が、目頭にまた、熱くこみあげてくる。真耶は首を横に振って、違う、と喘いだ。

「それはエゴだ。僕は僕のために言ったんだ」

央太のための言葉ではなかったと、真耶は釈明しようとした。

「僕にとっての光が、お前だっただけ……」

真耶にとって央太は、淋しいのは自分だけではないという、希望だった。真耶にとっても、央太は救いだったのだ。いてくれることで淋しさを、自分の弱さを、紛らわせることができた。そうでなければ生きてこられたか、分からない。そばで泣いている央太を、しっかりしろと励ますことは、自分自身を励ますことと同じだった。

央太はそれを聞いても怯むことなく、ただ笑っている。

「……なら真耶兄さまに僕が、僕に、真耶兄さまが……いて、よかったね？」

——生きて、こられたもんね？

優しく、央太は繋いだ。

幼いころ——央太と並んで、校庭のベンチに座っていたときのことを覚えている。

央太が自分はいらない子だと泣いて、真耶はそれを聞いていた。

制服の半ズボンから出ていた、央太の可愛い膝小僧が、真耶の膝小僧にぴたりと当たっていた。あの体温は温かかった。あのとき央太が……真耶は、愛しかった。

その思い出が、二十年以上も経った今、真耶の心を、後悔と自己嫌悪、罪悪感の苦しみの中から、優しく掬いあげてくれる。

――真耶には央太が、央太には真耶が、あのとき、いてよかった。

その優しい真実が、真耶の心を慰めてくれる……。

「僕はこれからも……真耶兄さまに、いてほしいよ」

そっと囁かれると、こみあげた涙が頬を落ちていく。

なにを言えばいいのか分からない。ただたまらなくなって寄り添うと、耳には央太の心音が聞こえた。それは激しく強く鳴っていて、真耶のことが好きだと、なによりも雄弁に物語っている。

やがて央太は腕の力を緩め、真耶の顔を覗き込んできた。

「……ようやく泣いたね。ずっと、心配だった。兄さまが泣くときに、誰が涙を拭くんだろうって。僕が、涙を拭いたかった。でも……これって、親切じゃないよ。……独占欲だ」

眼を細め、優しく微笑んだ央太の顔が近づく。目許に唇を寄せられ、涙を啜られた。それでも、真耶は拒まなかった。体から力がぬけていて、心にも、拒みたい気持ちがなくなっていた。

央太の唇は目許から額に、鼻先へと移る。額と額を合わせられ、瞳を覗かれる。

「唇に、キスしていい？」

そっと、吐息まじりに訊かれた。赤い瞳には真耶への思慕があり、そのことに胸が締めつけられた。いいよと、言いそうになって——、真耶は気がつくと、央太の鳩尾に、渾身の力をこめて拳を入れていた。

「……い、痛い！」

央太はさすがに予想していなかったのだろう。跳ね上がるようにして、真耶から飛び退くと、顔いっぱいに疑問を浮かべて振り返る。

「していいわけ、ないだろう！」

真耶は怒鳴っていた。涙は引っ込み、かわりに怒りが湧いてきた。腰に手をあて、仁王立ちして睨むと、央太はぽかんとしている。

「あれ？　今のって完全にしていい流れじゃなかった？」

なにを言っているのか。それとこれはべつだと、真耶は思う。

「フランスに帰るんだろうっ？　なのになんでキスするんだ？　僕はお前の告白に、応えられない理由をきちんと話したかったから言っただけだ！」

「あ……なるほど？」

央太はたじろぎながら頷いたが、まもなく、くすくすと笑い出した。

なにがおかしい、と睨みつける真耶に、

「いつもの兄さまだね。しかも、自分のことでこんなに怒れるなんて……嬉しいよ」

と、央太は言った。

嬉しそうな央太に、今度は真耶が調子を狂わされ、怒りも鎮まってくる。

「あのね。誤解しないでね。フランスに帰るのは、師匠と話すためだよ。独立して、日本に店を出そうと思って」

笑いをおさめると、央太はそう話した。真耶は予想外の言葉に、眼を丸くした。

「そろそろ自分の工房を持ちたいなとは、思ってたから。ただ、ルノートルへの恩もあるから、日本支店の起ち上げはしたかった」

今回帰ってきたのも、と央太は続けた。

「兄さまが当主代理を辞める時期だったから。きっとその役目が終わってからじゃないと、どう告白しても受け入れてもらえないだろうって分かってたし。長期戦を覚悟で、下見っていうか……。ただ、分かったよ。兄さまは、そばにいなきゃダメだね」

離れられない、と央太は肩を竦める。

「ちょっと離れたら、たぶん兄さまは元に戻って、僕のこと忘れちゃうよ。だから——定期的に思い出してもらうために、日本にいることにした」

真耶は央太の言っていることがよく分からなくなり、眉根を寄せた。

「僕が引っ越してもいいって言ったのは、兄さまがあんまり辛そうだったから、数駅先からじっくりいこうかな、と思っただけで、全然諦めてないよ。僕は意外とずるいし、しつこいんだ。なんたって、人生を懸(か)けるって決めてるから」

　急に央太が距離を詰めたので、真耶は後ずさった。尻がテーブルに当たり、央太はそれでもまだ踏み込んできたから、真耶は体を反らして、テーブルに後ろ手をつく。

「僕は一生諦めないいんだよ。……だったら定期的にいやなことされるより、僕を恋人にして……従順にさせとくほうが、よくないかな？」

　顔が近づき、頬を両手で挟まれる。不覚にも、心臓がドキリと鳴った。

「……真耶兄さまに、そばにいてほしい。いてくれなきゃ困る。僕にとって、今も昔も変わらず大事なのは、兄さまだけだから」

　優しくしたい。愛したい。央太の声から、眼から、その想いが伝わってくる。

　他にも星は、たくさんあるのに？

　本当に自分でいいのかと、真耶の不安がまたもたげる。

「僕は透明で、お前がいる場所に行っても光ったりしない」

　小さな声で言うと、央太はくす、と笑った。

「知ってる？　見えなくても、恒星のまわりにはいくつも衛星がある。地球にもある。月がそうだよね。自分では輝かない月を見て、人はその美しさに憧れる。行ってみたいと焦がれて。あんな小さな月に、大きな海は引っ張られて潮が満ち引く」

　月は自分では光らないけど、夜空で一番明るい星だよ、と、央太は言った。

「兄さまは、今のままでいいよ。変わらなくていいんだ。僕には兄さまが、月だから。……昼の明るいときには見えなくても、暗くて不安になったときは、いつでも導いてくれる……月が明るければ、夜空にある星なんて、どれもかすんでしまうでしょう？」

兄さま以外、眼に入らないよと、央太は呟いた。

真耶の胸が、その言葉にとくとくと高鳴る。温かな気持ちが、抑えようもなく湧いてきて、戸惑った。けれど素直に言葉にするなら、今の気持ちは、「嬉しい」だった。

——お前が星なら、どんな星かしら。

母が言ったその言葉を、覚えている。その次にこう言った。

——私の星は、きっとお前の近くにあるわね。

長い間忘れていた言葉が、今になって蘇ってくる。

ああもう、いいか、と、真耶はそのとき観念した。

もう、愛しても、愛されてもいい。

いつも自分は空っぽだと感じてきた。けれど真耶の人生そのものは、けっして空っぽではなかった。母や姉たち、菊江や、翼や澄也や兜、芹野や——央太。出会えた人との思い出が、真耶の空虚なところにちゃんとある。

——そうだ、一番大事なのは、誰かにとって自分が必要かどうかより……。

自分で自分の人生が必要だと思えること。それだけなのではなかっただろうか？

（そんな当たり前のこと、なぜ考えもしなかったんだろう？）

他人相手なら言えるのに、自分にはあてはめていなかった。

央太が真耶に救われて、生きてこられたというのなら——ただそのためだけに、真耶は生まれてきてよかったと思えた。

央太のためだけ、央太を生かすためだけにでも、自分は生まれてきて、よかった。

「……愛の重みに、僕は耐えられるのかな」

真耶はぽそっと、呟いた。最後の確認だった。

「いつでも逃げていいよ。また追いかける。僕は気が長いからね。僕ら、案外お似合いじゃないかな？」

そう思わないかと優しく問われて、真耶は央太を見上げた。

見上げたとき、心は決まった。自分が央太に似合うかどうかは分からない。だが、そんなことはどうでもよかった。

央太が真耶をほしいと言うなら、この先の自分のすべてを、央太にやってもいいと思えた。母にそうしたように……今度は央太の望むように、生きてみてもいい。

（僕はどっちにしても、空っぽだから）

その空っぽのところに、央太を入れて生きて……もしもいつかいらないと言われても。

これまでの二十二年。そしてこれから、央太が真耶を好きでいる間だけでも、央太を照らす星であれたなら――それだけでもう、生まれた意味はあったと、死ぬまで思うことができるだろう。

真耶は不意にはっきりと、そう信じられた。

腹が決まったら、もう迷わなかった。央太の胸倉をもう一度摑んで、真耶はぐい、と引っ張った。言葉を尽くすよりも、行動で示すほうがしっくりくる気がして、驚いている央太に構わず、無理やり唇を合わせる。そうして肉厚の下唇を小さく嚙んで、舐めた。

顔を離すと、央太はぽかんとし、頰を赤く染めていた。

「……なんだい、その顔？」

放心している央太を、じろりと睨む。央太はいや、今の、なんかすごい男前で……ときめいた、と喘ぎ、けれどすぐに破顔した。

「恋人になってくれるんだね？」

「そうだね」

淡々と答える。淡々としていたけれど、胸は高鳴り、体は熱く火照ってくる。

（僕はきっと央太のこと、すごく好きになれるんだろうな……）

なぜだかそう思え、その期待に、真耶の胸はどきどきと音をたてていた。

腰に腕を回され、ぐっと抱き寄せられる。真耶は眼を閉じた。

キスの合間に央太が何度も、「好きだよ」と囁き、その言葉が、真耶の心を甘く満たす。

分厚い舌に唇を舐められ、真耶は素直に口を開けた。央太の媚毒が、喉の奥へと落ちてくる。焼けるほどに甘い味。口づけは長く、真耶は央太の首にしがみついて、ダイニングテーブルに自ら倒れた。央太は「だ、大胆だね」と上擦った声を出した。

肘をついてテーブルの上に胸を起こすと、真耶は央太の腰に足をからめて、訊いた。

「恋人なら、するのが普通だろう？　違うのか？」

央太はまた頬を赤らめると、いいえ、違いません、と呟き、真耶の上に覆い被さった。

真耶は広い背に腕を回し、柔らかな金髪に鼻先を埋めた。甘い央太の香りを嗅ぎながら、ふと思う。小さかった央太の匂いが、今も自分に残っていることを、央太は知っているだろうか？

真耶は一人で小さく笑い、あとでそれを教えてやろうと思った。

少なくとも、今の央太の中に、どんなふうに小さな央太が残っているのかを教えることだけは、たぶん真耶にしかできないことだった。

自分にしか、央太にしてやれないことがあると思うと、真耶はそれが誇らしかった。

胸に明かりが灯るように、その誇らしさは、真耶を温かく満たしていた。

まるで今だけは、自分が夜空で輝く星のように——光っている気さえしていた。

あとがき

　こんにちは！　またははじめまして。樋口美沙緒です。なんだか、後書き書くの久しぶりな気がします。なんと、ムシシリーズ八冊目です。す、すごい。八冊も続くなんて……！　十冊までいけるといいなあ。いきたいなあ。

　さて、八冊めは真耶のお話です。とうとう書けました。長い道のりでした。ここからはちょっとネタバレになるかもなので、後書きを先に読む派のみなさんは気をつけてくださいね。

　ありがたいことに、真耶は初期から「書いてほしい」というお声をいただいていたのですが、ずっと相手が決まらずに保留にしていました。決まったのは今から三年前のある日。沖縄でツマベニチョウを追いかけまくったあとでした。もともと真耶には南国系のチョウが合うな！　と思っていたので、オオゴマダラかな？　と思ったりしてましたが、なにやらしっくり来ない。ハイビスカスの生け垣でツマベニチョウと邂逅し、カメラ片手に追いかけている間、そのあまりの逞しさと飛翔力、一見か弱げに見える（はずの）シロチョウ科というギャップに萌えに萌えて、こ、これだ――！　と思いました。そしてシロチョウ科といえば、あの子がいるではありませんか！　でも違う種だし？？　と、考えたけれど、ムシの世界にはあるんですよねえ、変態することって。もちろん種を超えるのは難しいけど、人類なら遺伝子情報が一つじゃないので可能です。あとなんとなく、この二人なら、と納得できたので、書きました。

ただお相手は、このあと続く番外編を読んでいただけたら分かると思うのですが、本来は相当な……相当なハイクラスって感じです。できればそのへん、また書く機会があればいいな！　真耶は知らないけど本当に大変な人と一緒になっちゃったよ……。個人的には、芹野先生の恋についても書いてみたいのですが……それもまあ、求めていただければ。ですね。芹野先生は真耶とは正反対の恋愛をしていることでしょう。

最後になりましたが、いつも素晴らしい絵で私の拙い作品を、愛すべきものにしてくださる街子先生。街子先生のイメージが最高すぎて……感謝しかありません。そして弱音ばかりの私を信じ、厳しく、優しく、諦めずに付き合ってくださる担当さん。今回もありがとうございます。読んでくださる皆さま、支えてくれる家族にも、心から感謝を。

樋口美沙緒

愛の星は甘すぎる

この世に生まれて三十年。

真耶には初めて、「恋人」ができた。

真耶は恋人に、自分のすべてを捧げようと決めた。けれどそれをわざわざ、口に出して言ったことはないし、この先言うつもりもない。

だからどうせ、それほど自分の生活は変わらない。

真耶はそう決めてかかっていた。


「あ、真耶兄さま。お帰りなさい～。ご飯もうすぐできるから、待ってて」

二週間ほど前に引っ越してきたばかりのマンションは、勤務地である星北学園から車でおよそ十分の距離にある。勤続八年、余程のことがない限り、真耶は夜の八時には仕事を終えて帰路につく。渋滞さえしていなければ、八時半前には家に帰れる。

そして玄関の扉を開けると、今日もまた、台所からは香ばしく食欲をそそる匂いが漂ってきた。

「ただいま……」

キッチンに立っているのは、幼なじみで、可愛い後輩で、今は真耶の恋人になった、白木央太。

央太は赤い、垂れがちの眼を優しく細めて、「はい。今日もお疲れ様」と言う。

二つ年下のはずなのに、まるで自分が子どもで、央太が母親のようだ……と思うのは、その柔らかな態度のせいだけではなく、付き合いはじめて二週間、ほぼ毎日のように、央太が真耶の生活を面倒みてくれているからだった。

「着替えておいでよ。テーブルセットしておくから」

エプロンをつけて、料理を盛りつけている央太の動作は、相変わらず無駄な動きが一切なく、手早いのに物音を立てない。部屋に漂うのは魚を炙ったらしい、いい匂いで、今にもお腹が鳴りそうだ。

真耶は「ありがとう」とだけ言って寝室に入ると、クローゼットにコートとスーツを仕舞い、決まった位置に鞄を置いて、腕時計をはずし、洗濯物を出し……いつもの手順で部屋着に着替え、ダイニングに戻った。

そのころには、いつでもテーブルセッティングは完璧に終わっている。

今日も真耶と央太、二人分の食事が美しく食卓に並んでいた。

「和食にしてみたよ。週の半ばは疲れるからね」

央太は微笑んで、エプロンをはずす。真耶がテーブルに近づくと、ごく自然に椅子をひいて座らせてくれる。真耶も二週間でそうされるのに慣れてしまい、礼も言わずに座す。

ナイロン製のシンプルなランチョンマットの上には、秋刀魚の塩焼き、筑前煮と青菜のおひたし、酢の物と、きのこの混ぜご飯、大根と揚げの味噌汁という純和風の献立が並んでいる。

いただきますと手を合わせ汁物から口をつけると、出汁と味噌の味が口に広がって、あまりの美味しさに思わず息がこぼれた。続いて秋刀魚、混ぜご飯と口をつけ、小鉢にも手を出すが、どれも品のいい味付けで、口の中は旨味でいっぱいになった。

「和食も上手だね、央太は」

褒めると、央太は心底嬉しそうにする。

「デザートも和菓子だから、楽しみにしてね」

そう言って出てきたのは、彩り美しい巨峰の寒天だった。紫色の羊羹のようなものの上に、金箔がのっていて豪勢だ。口に含むと甘酸っぱいが、さっぱりとしていて口当たりがいい。

デザートを楽しんでいる間に、央太は真耶が職場でどんな一日を過ごしたのか、いつも聞きたがる。矢継ぎ早に飛んでくる質問へ、淡々と答えるのが真耶の日課だ。

「昼ご飯は誰かと食べた？」

「いや。食堂は広いし、わざわざ誰かとは食べないな。たまに芹野先生が声をかけてくる」

こんな話の、なにが面白いのだろう？　と、真耶はいつも不思議だった。

真耶の日常はほとんどかわりばえがせず、自分でもつまらないと思うのに、央太は飽きる様子がない。

「ふうん。お弁当って持っていけないのかな。僕、作ってもいいけど」

「いや、さすがにそこまで甘えるわけにはいかない」

央太の提案に、真耶は眉根を寄せた。

困るというよりは、そうまでさせては悪い、という気持ちだった。央太はこの二週間、真耶の夕飯だけではなく、朝ご飯まで作りにくる。付き合うことになったとき、なにかあったときのためにと請われて、合い鍵を渡した。恋人になった時点で、なんでも央太にあげて構わないと決めていたので、真耶は特に抵抗もしなかった。ちなみに央太の部屋の合い鍵はもらっていない。

以来央太は、朝晩の食事作りと、簡単な掃除や洗濯をしに毎日真耶のところへやって来る。

そこまでしなくていい、と何度か言ったが、

「店のオープンまでは時間に融通がきくから」

と央太は笑う。なにより、真耶が「洗濯せねば」と思うころにはとっくに洗濯機が回り、備え付けの乾燥機で乾かされて、ふわふわの洗濯物がたたみ終わっているし、真耶が「何日も掃除機をかけてない」と気付く前に、央太がさっさと埃(ほこり)を払い、完璧にゴミをまとめている。

どうしてそんなに手際がいいんだ⁉　と驚いた真耶に、央太は「十年も一人暮らししてると、癖みたいなものだよ」と肩を竦めるだけだった。

「べつに気がついたときに、片手間にやってるだけだから、気にしないで。できないときは真耶兄さまがやってね」

央太はそう言うが、いまだに真耶は、一人暮らしの苦労を味わわないままだった。

真耶が食べ終えてごちそうさまと頭を下げると、央太はお粗末様でした、と言いながら皿を下げ、「先にお風呂入っておいでよ」と促す。

「いや、皿くらいは僕が洗う」

真耶は慌てて立ち上がった。だがその間にも食器は食洗機に並べられてしまい、央太はにっこり微笑んだ。

「もうボタン押すだけだから。いってらっしゃい」

結局今夜も、真耶は一切、家事をしないで風呂に入った。

もちろんその風呂も央太が準備してくれている。バスタブはいつも、いつの間にか洗われているし、風呂洗剤がどこに置いてあるのかも真耶は知らない。

「カラスの行水はだめだよ、ちゃんとつかってね」

脱衣所のほうから央太が言ってくる。真耶は「分かってるよ」と返事をした。子ども扱いされて、つい不機嫌になったのが、声に出ていたらしい。央太はくすくすと笑って、脱衣所を出て行った。

(央太って、昔からこうだったっけ……)

真耶は肩までつかりながらぼんやりと考える。たしかにもともと、サービス精神は旺盛なほうだった気がするが、さすがに家事をしてもらったことはないので分からなかった。

風呂からあがると、当然のように着替えもバスタオルも用意されている。

さっさと着替えて、無造作に髪を拭きながら出ていくと、リビングには冷たいハーブコーディアルの炭酸割りが用意され、央太がドライヤーを持って、ソファのところでおいでおいでと手招きしている。

これも毎日のことで、真耶は数秒戸惑ったが、央太がしたいならいいか……と観念した。そうしておとなしくソファに座って、作ってくれた飲み物をもらいながら、央太に髪を乾かしてもらった。

「真耶兄さまはなにもしなくても髪の毛きれいだけど、ドライヤーくらいはしなきゃだめだよ」

　普段はほったらかして自然乾燥させるだけの真耶が、「男なんだから髪なんてどうでもいいだろう？」と応えると、

「ダメ。僕が悲しいもん。だから兄さまの髪は、僕が一生乾かしてあげるからね」

にっこりと笑って言われる。央太の指が頭皮を心地よく撫でていき、真耶はうとうとする。

　一生。一生というのは本気だろうか？

眠気に襲われた頭で、そんなことを思う。真耶は央太の愛を信じているけれど、一生続くとはあまり思っていない。もし続かなくてもべつに構わないと覚悟して、央太に自分の全部をあげている。

（……一生なんて、軽々しく言っちゃだめだぞ）

半分寝ぼけながら思う。口に出していたかは分からないが、央太はため息をついて、もうちょっと期待してほしいなあとぼやいた。

ドライヤーが終わると、真耶は数分ソファでうたた寝した。

「歯磨きしなきゃ。真耶兄さま、ね？」

　優しく起こされたときには、コーディアルを飲んだグラスやドライヤー、使っていたバスタオルなどはきれいに片付いている。眠気と闘いながら歯磨きをし、リビングに戻ると、

央太はやっと帰り支度をしていた。また明日ね、と言い、真耶の唇に、ちゅ、と音を立ててキスをする。髪を梳くように撫でて、じっと真耶の眼を覗き込むと、赤い瞳に溢れんばかりの愛情をのせて、

「愛してる。おやすみ」

と、甘い声でつけ足す。それからさっといなくなって、央太は外から鍵をかけた。その潔い帰り方も、いつものことだ。

寝室のサイドボードにはミネラルウォーターが用意され、小さなメモがある。

『今日はありがとう。いい夢を』

ありがとうと言われるようなことを、真耶は一つもしていない。

央太は本当にマメだな、と感心しつつベッドに入ると、毎日きちんと替えられている枕カバーからは、柔軟剤の匂いがした。カバーを替えているのは央太だ。真耶は毎日替えなくていいと言うが、

――真耶兄さまのきれいな顔がくっつくのに?

と、央太は勝手に替えてしまう。

きっと明日には、央太がまた朝食を作りに来る。真耶が眼を覚ますころには、掃除も終わり、洗濯物もたたみ終わっている。央太は微笑み、おはよう、と真耶を迎え、職場に送り出してくれる。戻ってきたら、今度は夕飯を作ってくれている――。

（……これが、普通の恋人同士の付き合いなのか？）

真耶は眠りにつきながらも、そう思ってしまう。

なんだか少し、違うような気がする。

付き合い始めてから、央太はキスはするが、セックスはほとんどしない。真耶の仕事に差し支えるのを気にしているのか、抱かれたのは付き合うことになった二週間前の一回と、先週の土曜日の、二回だけ。

真耶は淡泊なので、セックスはあってもなくてもよかったが、央太はツマベニチョウが起源種だ。南国系チョウの大型種のなかでも、男子はとりわけ性に奔放なのが普通だ。なのに、なぜか毎日真耶の世話をして、バードキスをするだけで帰っていく。それ以上深いキスをされると、央太の媚毒（びどく）が体に回り、自動的に欲情してしまうので、央太は明らかに真耶を抱かないようにしている。

（僕ばかり世話されていて……いいのだろうか）

付き合うからには全部あげようと決めたのに。

自分はなにもあげてないなと考えながら、真耶は深い眠りに落ちていった。

「えーっ、央太さんってとうとう、お弁当まで作ってくれるようになったんですか？」

なるべく潜めた声で、けれど叫べるものなら叫びたい、という顔で、芹野が驚いている。真耶は職員用の食堂で、芹野と向かい合わせに座って、「いらないって言ったんだけどね」と、言い訳したが、芹野は聞いていない。

「いいですねえ……手作りのお弁当。しかも美味しそうだし」

と言って、真耶の手元を見る。そこには今朝、央太から「はい。時間あったから作っておいた」と渡された弁当が広げられていた。

いつの間に用意したのか、曲げわっぱのなかにご飯とおかずが数点詰められている。

朝食を食べているとき渡されて、真耶はさすがに驚いたのだが、央太にしてみれば、このくらい大した仕事ではないのだそうだ。作ってもらったのにいらないとも言い張れずに、持ってきた。おかかご飯に海苔(のり)を被(かぶ)せ、焼き鮭と甘い玉子焼き、ひじきの煮物におひたしが彩りよく並んでいる、ごく質素な内容だけれど、どれもこれも味は一級品だ。

「……近ごろ、思うんだけれど……央太はもしかして、相当尽くすタイプなんじゃないだろうか」

真耶は弁当を見て、さすがに気付かないわけにもいかず、おそるおそる芹野に相談したところだった。

芹野の恋愛相談をきっかけに、時々二人で昼食をとるようになった。央太と付き合っていることは、わりとすぐに知られてしまった。芹野いわく、差し入れのケーキについていたメモを見たときからピンときていたという。

――真耶先生、もしかして……白木央太さんとお付き合いされてます？

と、訊かれたときには、ちょうど付き合って三日めだったので、嘘もつけずに頷いた。

――やっぱり！　僕、こういう勘は結構当たるんです。

と、芹野は得意げだった。以来、芹野は真耶を食堂で見かけると、一緒のテーブルに座るようになった。

今まで、真耶のテーブルは近寄りがたいからか、誰も一緒に座ろうとしてこなかった。広い食堂なので、職員たちはみな真耶から離れているし、ちらちらと盗み見られることはあっても、芹野との会話を聞かれる心配はない。

そのせいもあって、真耶は芹野に聞かれるまま、央太とどう付き合っているのか、話してしまっていた。

央太と恋人になったことは、まだ翼や澄也や兜にも話していない。旧友たちにはどう話していいのか分からず、機会があればでいいか、と問題を放置している。

毎日食事を作ってもらっていると話すと、芹野は驚いていた。それがとうとう弁当までとなると、真耶も行きすぎではないか、と思った。

「相当尽くすタイプなんじゃないだろうかって……最初からめちゃくちゃ尽くすタイプでしたよ、白木さん。今ごろ気付いたんですか？」

芹野はやや呆れたような顔をしている。最近芹野は、真耶に対して妙な憧れを抱くのをやめたような節があった。かわりに、思ったことを率直に言ってくる。

「なんとなく思ってましたけど、やっぱり真耶先生ってちょっと、自分のことにだけ、鈍いですよね？　そこも可愛くて、大好きなんですけど」

真耶はうっと言葉に詰まり、「に、鈍いだろうか」と呟いた。内心傷ついたが、芹野は気にしておらず、うっとりとため息をつく。

「それにしても白木さんて完璧ですよね。料理上手で、優しくて、世話好きで、親切だし、そのうえ甲斐性もあって、かっこよくて！　真耶先生が魅力的だから、そこまでの人と出会えたんでしょうけど」

いいなあ、羨ましいです、と楽しげに言われるが、真耶はなんとなく居心地が悪い。

「……僕は央太になにも返していないんだけど」

「きっといてくれるだけでいいんですよう。分かるなあ。真耶先生、きれいだから。見てるだけで幸せですもん」

「芹野先生、僕はもう三十歳だし……央太は美人を見慣れてると思いますよ」

「いいじゃないですか。愛されてるってことでしょう？　でもなんだか真耶先生、あんまり嬉しそうじゃありませんね」

——そうなのだった。真耶は央太に弁当を渡されたとき、嬉しいと喜ぶよりも、戸惑ってしまった。

　これまで真耶は、自分には恋愛は縁遠いものだと思っていた。

　央太と付き合うと決めたときも、自分の生活にも性格にも考えにも、それほど大きな変化はないと決めつけていた。だがここにきて、一気に不安になってきた。

　央太と真耶の関係は、ほぼ一方的に央太からの「ギブ、ギブ、ギブ」。つまり、与えられることばかりで、真耶からの「テイク」――お返しがない。

（ギブアンドテイクどころか、ギブアンドギブアンドギブ……みたいな……これは恋人として、正しくないのでは……）

　生来の真面目さが頭をもたげ、つい考え込んでしまう。

（セックスもしようとしないし……僕はなくてもいいが、央太はどうなんだ？　央太がしたいならいくらでも付き合うのに……）

　考えても答えは出ない。なにしろ央太はいつでも、どんなときでも笑顔で、にこやかで、穏やかで、不満そうな顔をされたことも、恋人としてこうあってほしい、と願われたことさえない。唯一頼まれたのは、合い鍵を貸しておいて、くらいだ。それも真耶がまた風邪をひいたときなどに最初に気付きたいから、なにかあったときのため、という殊勝な理由だった。

「……合い鍵を渡したら、あれこれ家のことをしてくれるようになって。そこまでしてほしいとは言っていないのに、僕が頼りないんだろうか……」

食堂のパスタを食べていた芹野は、最後の一巻きを口に入れてから、しばらく黙っていた。なにか考えているような顔だった。

「頼りないとは思いませんけど……でもそういえば、真耶先生は合い鍵もらわないんですか？　白木さんの」

なんのために？　と真耶は首を傾げた。

「央太はなんでも一人でできるから、もらってもね」

「でも真耶先生も、本来、一人でなんでもできると思うんですよね。白木さんて完璧だし、絶対に優しいし、いわゆるスパダリ？　って感じですけど——なんか、甘い檻みたいですよね。なんだっけ、昔話によくあるじゃないですか。楽園に連れて行かれて、そこが楽しすぎて帰れなくなるやつ……」

真耶がドキリとして眼をしばたたくと、芹野は「でも浮気とか絶対ないし、白木さんは一生帰らなくていい楽園ですね」と笑う。

「そうだ！　もらうばっかりで申し訳ないと思うなら、真耶先生もなにかご馳走してみたらどうですか？」

可愛く小首を傾げて提案する芹野に、真耶は「ご馳走？」と訊き返した。

「白木さん、パティシエなんですもん。食べること好きですよね。真耶先生の手料理だったら、きっと喜んでくれるんじゃないですか？」

手料理。手料理か――と、真耶は考えた。恋人のために料理をする、という行動が、まったく自分に似合わない気がしたが、たしかに央太は喜んでくれるかもしれない。喜んでくれるならやってみよう。そう決めて、真耶は芹野に向かってありがとう、と礼を言った。


午後五時半。真耶は珍しく定時で仕事をあがり、まずは自宅近くのスーパーマーケットに立ち寄った。携帯電話で調べたレシピは、既にノートにメモしてある。それを見ながら材料を買う。

「赤パプリカ……黄パプリカ……パプリカって二色とも必要か？」

普段料理をしないし、食に頓着もしないので、材料一つとっても迷う。ピーマンに似た野菜を両手に持って、長い間考え込んでしまった。そのあともうろうろし、

「醤油……オリーブオイル……うちにはこういう調味料あるのか？」

あった気がするが、なかったら困るので、結局買い足して、かごは重たくなり、買い物だけで三十分かかった。そのあと急いで家に帰ると、幸い央太はまだ来ていない。

インターネットで検索したレシピは『ちょっぴり和風、簡単！　フライパンでできるパエリア』というものだ。一品でおかずにもメインになるからいいだろう、とこれに決めた

が、いざ作り始めると思った以上に難しい。「乱切り」と書かれていてもどういう切り方か分からないし、そもそもフライパンや包丁を探すのにも手間取った。そしてよく見ると、調味料はコンロの下のストッカーに一通り揃（そろ）っていた。

一時間かかって、ようやくパエリアが完成したが、下の米が焦げつき、上は具材が生煮えだった。

（う……ま、まずい……）

真耶は味見の一口で挫折した。生まれてこの方、これほど不味（まず）い料理を食べたことがない。

こんなものを央太に食べさせるわけにはいかない。さすがに真耶のプライドに傷がつく。真耶は急いで証拠隠滅を始めた。パエリアはゴミ袋へ、フライパンや調理器具は急いで洗ってしまい、調味料を隠す。換気扇を強にしたところで、央太が部屋に入ってきた。

「あれ？　もう帰ってたの？」

驚きつつも嬉しそうに、手には今日作るらしい料理の材料を携えて、央太がキッチンに入ってくる。真耶は内心慌てながらも、なんとか平静を装い、「あ、ああ。たまにはね」と言って、急いでキッチンから出た。パエリアの匂いが残っているかもしれないと、次亜塩素酸のスプレーを吹き付けていると、央太が「それなに？」と不思議そうに訊いてくる。

「これかい？　ウィルスを殺菌できるスプレーだよ。今学校でもいろいろ病気が流行ってるからね」

「ふうん」

央太はしばらく真耶を見ていたが、それ以上はなにも問わなかった。手早くエプロンをつけ、にっこりと微笑むと、「今日はなに食べたい？　なんでも作れるよ」と、言った。

真耶は笑みを返し、「央太の食べたいもので」とリクエストした。


料理初心者に、二時間での調理は無謀だった……。

真耶は反省して、翌日は央太に言わずに午後休をとり、たっぷり時間をかけて準備した。おりしも金曜日。明日は休みなので気持ちにも余裕がある。

パエリアのレシピの動画も見たし、いろいろな野菜の切り方も勉強した。「少々」と「ひとつまみ」の分量の違いも理解したので、今度こそと思い、昨日のレシピに再チャレンジした。

はたして二時間後、フライパンの中には焦げ目は適度で、具材にも火が入ってふっくらとした、美味しそうなパエリアができあがった。

生まれて初めて料理で成功し、普段冷静な真耶もさすがに「やった……」と呟いてしまった。これなら央太も喜んでくれそうだった。だがしかし、味見をすると、思っていたのと違っていた。が、真耶は自分でもなにがどう違っているのか分からず、首を傾げた。

パエリアは不味くはないが、美味しいというほどでもない。なんというか全体的に無難で、普通で、物足りなかった。

(これは……これは美味しいのか不味いのか、どっちなんだ……?)

分からずに首をひねっていると、玄関の扉が開く音がした。

「あれ? 今日も帰ってたの? 早いね」

入ってきた央太は、二日続けて真耶がいることに少なからず驚いた様子で、キッチンに立つと、さらにびっくりしたように眼を丸くした。その視線が、フライパンの中のパエリアに注がれている。

「あっ、央太。いや、これはだな……いつも作ってもらっているからお返しに……でもなんていうか、そんなに出来が良くなくて……」

真耶は焦って、しどろもどろになった。しまった、これも処分しておくべきだったかと思ったが、食べられないほど不味いものでもない以上、捨てるのは気がひける。

「僕のために作ってくれたの?」

央太に訊かれて、真耶は答えに窮した。

「いや、違う。いや、違わないけど、これは僕が夜食に食べるよ。失敗……したから」

仕方なく白状する。央太はまだ驚いていたが、やがてふんわりと微笑んで、「どうして？　食べたいに決まってるじゃない」と、言った。

——完璧な彼氏。

と、芹野が称していたのを、ふと思い出してしまう。央太の言葉はいつでも模範解答のように、絶対的に優しく、思いやりに溢れていて、それでいて気取りのない、百点満点の大正解、という感じがする。

結局その日は、真耶のパエリアが食卓に並んだ。

「次は美味しくするから」

と、何度か真耶は言い訳めいたことを言ってしまったが、央太は笑いながら全部食べてくれ、「ちゃんと美味しいよ」と言ってもくれた。

「ありがとう。真耶兄さまの気持ち、すごく嬉しい。でもまだ食べられそうだなあ……」

食後に央太がそんなことを言い、真耶はさすがにデザートまでは作れなかったので、買っておいたプリンを出そうか、と思った。

けれど、「それならプリンが……」とテーブルを立とうとすると、央太の手に手を優しく包まれて、やんわりと引き留められる。振り返って見ると、央太は普段見せない、熱のこもった眼差し（まなざ）しで、真耶を見つめていた。

「明日休みだから……真耶兄さまのこと、食べていい？」

普段は聞かない低い声で囁（ささや）かれて、真耶は思わず息を止めた。

央太の眼には情欲が映っていて、一体どこにそんな熱を隠していたのだろうと思えるほど、それはぎらぎらと激しく光っている。

不覚にも鼓動が早鳴り、真耶は「好きに、しなさい」と小さく呟いた。恋人なのだから——求められれば、してもいい。真耶は央太にしてやれることなら、惜しむものはない。

立ち上がった央太がテーブルに手をついて身を乗り出し、真耶にキスを仕掛けてくる。分厚い舌で唇をなぞられて、真耶は口を開けた。媚毒のからんだ赤い舌が、口の中へ侵入してくる——。

まだ慣れないながらも、口に注がれた媚毒をこくりと飲み干す。媚毒は甘すぎて、喉が焼けるように感じた。けれど、そこから性感の波にさらわれることを、真耶はもうよく知っていた。

休みなくキスをしながら、央太がテーブルを乗り越えて、真耶の体をかき抱く。全身に甘い官能が走って、真耶は力を抜いた。気がつくと、あっという間にリビングのソファに連れて行かれ、服を剝かれて、全身に媚毒を注がれていた。思考が蕩けて、激しく押し寄せてくる快感に喘ぎながら、真耶は少し安堵した。

料理は喜んでもらえたし、セックスしたいとも言われた。自分は恋人として——そここそ、央太を満足させられたかもしれないと。

後孔に央太が入ってきて揺さぶられると、真耶は何度も射精した。二度目の絶頂からは、潮のような透明な精を吐き、必死に央太に縋る。央太は真耶を優しく責めながら、囁いた。

「……今日はありがと。気持ちは嬉しかったよ。でもね、もう、ご飯作ったりしなくて、いいからね？」

「あ……っ、あ」

後孔の感じる場所に、央太の杭が擦りつけられるたび、セックスドラッグとも呼ばれる甘すぎる毒が熱く中を濡らす。下半身の感覚がなくなり、真耶の腰は勝手に揺れている。

「真耶兄さまはなんにも、しなくていいよ。……僕が全部やってあげる。それが一番嬉しいから……ね？　僕のご飯、美味しいでしょ？」

「ん、う、あ、美味し……」

「うん、じゃあ、もう作らなくていいよね。ね、なんにもしないで、いいんだよ――」

一際奥を突かれて、真耶は全身がきゅうきゅうと引き絞られるような、切ない悦楽に極まって、震えながら達していた。淡く勃ちあがった己の性器からは、精が出ていない。あまりの気持ち良さに、意識が臨界点を超え、薄らいでいく。

なにかしちゃいたくなる兄さまは、可愛いなあ、と央太が呟いているのが聞こえた。

――可愛いんだけど、ちょっとできすぎるのが、玉に瑕だよね。そこも、好きだけど。

＊＊＊

失神した真耶の中で一度だけ果てると、央太は自分の性器を抜いた。ぐったりと眼を閉じている真耶を抱きあげて、寝室のベッドへ運ぶ。

見ると、腰を打ち付けた真耶の白い尻は少し赤くなり、後孔からは央太の吐いた精が溢れている。

（良い眺めだなあ……）

央太は一週間分溜めに溜めておいた自分の精が、愛する人の中に収まっているのを見て、満足した。シーツを汚さないようタオルをあてておき、濡れたタオルで丹念に真耶の体を拭いた。どこもかしこも、芸術品のように美しいので、細部まできれいにしないと気が済まない。

「……僕が作る飴細工なんかより、ずっときれいだよ、真耶兄さま……」

起きているときに本人に言ったら、きっと気味悪がられるだろうなと思いつつ、央太は呟いた。真耶にガウンを着せてから、手足の爪にやすりをかけ、髪を梳かした。

「うん、きれい」

うっとりして、央太は独りごちた。真耶が風邪をひかないよう、きちんと布団をかけてから、寝室を出る。それから、食べ終えたあとのままになっていたテーブルの上と、キッチンを片付けた。

（昨日からなにか作ってるなあとは思ってたけど……まさか一日で上手（うま）くやれるなんて）

皿を洗い、シンクを拭いてから、央太はため息をついた。真耶はなんでもできすぎてしまう。自分を喜ばせたいと思ってくれたのならそれは嬉しいし、可愛いが、あまり自立されては困る――。

「やっぱりテフロンのフライパンはダメだな。初心者にもすぐ扱えるし。鉄鍋に替えておこ」

勿体（もったい）ないが、これは処分だ。央太は今日、真耶が調理してくれたフライパンを不燃ゴミの袋に入れた。

（早く僕なしじゃ、いられないようになってもらわないと）

自分がいなければ、生きていけないようにしなければならない。べつに家の外ではいくらでも、「みんなの真耶さま」でいてくれればいい。今までどおり清く正しく、大勢の下僕志願者を生み出し、弱い者の味方となり、まるで女神のように崇められていればいい。

だがこの小さな部屋の中では、と央太は思っている。

「僕にお世話させてくれなくっちゃ……」

真耶を構成するものは、なるべく自分でありたいのだ。体に入る食べ物や飲み物も自分が選び、与えたい。爪の先から髪の毛、肌の皺の一本にいたるまで、央太がきれいにしてやりたい。甘ったるい言葉を浴びせ、週末には気持ちいいだけのセックスをして、仕事で疲れた心を癒し、いつでも甘えてもらえるようにしたい。

　甘いものしか、真耶に与えたくないし、それに毒されてくれないと困る。

「……仕方ない。真耶兄さまの自尊心を満たすために、なにかおねだりを考えるか」

　べつに叶えてくれなくてもいいようなおねだり。けれどなにかねだって、それを叶えることで真耶が安心するのなら、言ってもいい。

「真耶兄さまの服を選ばせて？　これは僕の願望か」

　できることなら今クローゼットに入っている服も、全部捨てて央太が買い替えたものにしてしまいたい。その願望があるから、央太はいまだに、真耶が以前部屋に置いていったコートを返していない。真耶は自分のことに関しては抜けたところがあるので、あのコートは？　と訊くのを忘れている。央太は訊かれたら、適当に言い訳して、新しいコートを買って与えるつもりだった。

「そうだ。デートならいいかも」

　央太は思いついた。きっと真耶は、央太に優しくしたいはずだから。

「……パティスリー巡りに付き合って。これなら、絶対納得するな」

　央太は真耶の性格を知り尽くしている。そうねだれば、真耶は央太の言うことを叶えてくれるし、そのあときっと、自分は役目を果たしていると、ホッとする。そうすれば料理なんて、しばらくはしないだろう。

許してね、真耶兄さま、と央太は心の中だけで思った。

（僕の一生を捧げるから、それで許してね……）

央太のこんな考えを、真耶は理解できないだろう。そして央太は、一生話すつもりもなかった。ゆっくりと、けれど確実に、真耶の生活に侵食できればそれでいい。真耶の愛は優しくて深いが、自分の愛は深くて重い。

時計を見るとまだ夜の九時。真耶は一時間ほどしたら眼を覚ますだろう。そのときのために、央太は風呂を沸かし始めた。寝起きに飲める、さっぱりしたレモネードも準備する。真耶のことを考え、真耶を甘やかすために動いている時間が、央太には一番の幸せだった。真耶は央太にとって、どんなチョコレートよりも甘く、どんなタルトよりも彩り豊かだ。

できることならこの幸せだけは、誰にも取りあげられたくなかった。

――そう、たとえ真耶本人にさえ邪魔されたくない。

真耶を愛することは央太にとって、なにより甘美な仕事なのだった。

作家・イラストレーターの先生方へのファンレター・感想・ご意見などは
〒101-0063 東京都千代田区神田淡路町2-2-2
白泉社花丸編集部気付でお送り下さい。
編集部へのご意見・ご希望などもお待ちしております。
白泉社のホームページはhttp://www.hakusensha.co.jpです。

白泉社花丸文庫
愛の星をつかめ!

2018年3月25日　初版発行

著　者　樋口美沙緒 ©Misao Higuchi 2018
発行人　高木靖文
発行所　株式会社白泉社
〒101-0063 東京都千代田区神田淡路町2-2-2
電話 03(3526)8070(編集)
03(3526)8010(販売)
03(3526)8020(制作)
印刷・製本　株式会社廣済堂
Printed in Japan　HAKUSENSHA　ISBN978-4-592-87746-2
定価はカバーに表示してあります。